호프가
여기에
있었다

호프가 여기에 있었다

조앤 바우어 지음

김선희 옮김 | 정지혜 그림

도토리숲

조앤 클라크 목사님을 위하여

로라 스몰리, 리타 주데마
– 진실한 산파들을 위하여

일러두기

1. 본문에서 고딕체와 손글씨체는 원서에서 이탤릭체로 강조한 부분입니다.
2. 각주와 괄호 안의 설명은 옮긴이 주입니다.
3. 식당 용어나 흔히 사용되는 요리 이름은 우리말로 바꾸지 않고 원어 그대로 두었습니다.

I

한창 바쁜 점심시간.

밤비가 결혼식에서 뿌리는 색종이 조각처럼 주문서를 갈기갈기 찢어 확 던져 버렸다. 밤비가 플로리다의 펜서콜라에 있는 '레인보우' 다이너*에서 해고되었을 때 어쩐지 내게 기회가 왔다는 걸 느꼈다. 밤비는 실수로 어떤 남자 손님의 허벅지에 흰 강낭콩 수프 한 그릇을 쏟고, 디카페인 커피머신 옆에서 훌쩍훌쩍 울고 있었다. 외식업계에서는 이걸 '콤보 접시에서 타코 하나가 빠졌다'고 한다. 그날 담당 매니저 기브가 그만 울라고 소리쳤는데도 밤비가 더 크게 울음을 터뜨리는 바람에 해고로 이어지고 말았다.

밤비는 삶이 너무나 불공평하다며 배고픈 손님들 앞에서 울부짖으며 문을 박차고 나가 버렸다. 그때 매니저 기브가 나를 보고 말했다.

---

*미국 전통 동네 식당. 미국인들이 많이 찾는 가장 일반적인 식당이다.

"너 밤비가 하던 일 하고 싶지?"

난 그 시간대에 버스걸*이었다. 그건 손님들이 식사를 하고 나면 내가 지저분한 테이블을 치우고 손님들에게 물과 그릇을 가져다준다는 뜻이다. 나는 웨이트리스가 되려고 몇 년 동안 군침을 질질 흘리고 있었다.

그래서 허리를 곧게 펴고 대답했다.

"네, 물론이에요."

"너도 뭔가 실수하면 밤비처럼 펑펑 울 거야?"

문득 나는 깨달았다. 음식 서빙을 망치지 않으려면, 실수를 무난히 다룰 줄 알아야 한다는 것을. 나는 어깨를 활짝 펴고 부싯돌처럼 단단해 보이려 힘썼다.

"난 매니저님이 지금껏 본 최고로 씩씩한 여자예요."

매니저 기브에게 확신을 주어야 했다.

"그럼 됐다. 넌 카운터**를 맡아라."

열네 살 생일이었다. 난 배고픈 트럭 운전사가 티본스테이크에 달려드는 것처럼 레인보우 다이너 웨이트리스 자리를 낚아챘다. 그동안 내가 받은 최고의 생일 선물이었다. 열두 살 때 개명

---

* 버서(Busser)를 지칭함. 식당 보조 개념으로 테이블을 치우고 세팅하는 일을 말한다. 여자는 버스걸(Busgirl), 남자는 버스맨(Busman)이라고 한다.

** 미국 식당 다이너에서 손님에게 음식을 제공하기 위한 길고 좁은 테이블을 가리킨다. 여기에서 계산도 한다.

한 것 다음으로.

난 지난 2년 반 동안 플로리다 펜서콜라에서 뉴욕 브루클린까지 세 번의 웨이트리스 일을 거치면서, 십대들이 그저 꿈만 꾸는 큰돈을 모았다. 브루클린은 이제껏 나에게 최고의 장소였다.

그런데 지금 브루클린을 떠나야 했다.

"준비됐어?"

애디 이모가 물었다.

우리는 한때 브루클린에서 최고였던 다이너의 나무판자로 막아 둔 창문 옆에 서 있었다. '블루박스' 다이너는 무덤처럼 닫혀 버렸다. 초록색 인조가죽을 씌운 창가 쪽 테이블도, 서커스의 중앙 무대처럼 한가운데 자리 잡은 커다란 타원형 카운터도 보이지 않았다. 살구를 먹인 돼지고기 안심도, 마늘을 넣고 으깬 감자를 곁들인 미트로프*도 더 이상 없었다. 버터가 듬뿍 들어간 크러스트의 애플파이와 이모의 그 유명한 시나몬 아이스크림도 없었다. 이모가 만든 시나몬 아이스크림을 택시 운전사한테 서빙하면, 그 맛에 존경의 표시로 무릎을 굽혔다. 브루클린 출신이라면 택시 운전사들이 맛에 있어서는 좀체 무릎을 굽히지 않는다는 것을 안다.

애디 이모가 주방장이자 이 지구의 몹쓸 인간 쓰레기, 글리슨

---

*다진 고기를 식빵으로 구운 요리.

빌과 공동 주인으로 있던 블루박스 다이너. 저 달콤한 18개월 동안 항상 켜져 있던 간판은 꺼져 버렸다.

나는 블루박스 다이너 창문 옆에 서서 글리슨 빌이 어느 날 밤 금전등록기의 돈과 식당 계좌에 있는 돈을 모조리 훔쳐 야간에 일하는 웨이트리스 캐럴라인과 멀리 튀어버린 일을 떠올렸다. 우리는 하루하루 번 돈으로 두어 달을 겨우 버텼다. 하지만 보일러가 완전히 멈췄을 때(수리비 1만 달러), 지붕이 새기 시작했을 때(수리비 4천 달러) 그리고 월말 지불일이 돌아왔을 때, 더 이상 버틸 수가 없었다. 애디 이모는 요금 징수원들이 오기 전에 블루박스 다이너를 폐업해야 했다. 징수원들은 팁을 적게 주는 사람들 같다. 항상 뒷맛이 개운치 않다.

나는 막아 놓은 창문에 손을 가져다 댔다. 열다섯 살에 여기에서 '희망 품기' 샌드위치를 만들었다. 그 샌드위치는 발효시켜 시큼한 맛이 나는 반죽으로 구운 빵에 훈제 칠면조 고기, 햇볕에 말린 감자, 신선한 모차렐라 치즈 그리고 레드와인 소스를 넣어 다진 채소로 만든다. 샌드위치는 불티나게 팔렸다. 희망은 모두가 원하는 것이었으니까. 그건 우리를 위한 샌드위치였다.

나는 파란색 펜을 꺼내서 나무 하나에 가느다랗게 '호프가 여기에 있었다'고 썼다. 호프는 내 이름이다. 난 어느 한 곳을 떠날 때마다, 구석진 의미 있는 곳에 글을 남겨 놓는다. 내가 그곳에 있었다는 흔적을 남겨 두는 것이다. 난 아무것도 망가뜨리지 않았다. 나무를 파서 글을 새기거나 인도라든가 도로표지판에 글을 쓴 적도 없다. 우리가 뉴욕으로 오기 전, 사우스캐롤라이나의 다이너에서는 회전식 디저트 진열대 위에 1센티미터 크기로 '호프가 여기에 있었다'고 썼다. 그건 내가 어느 곳을 떠날 때, 작별 인사를 남기는 방식이다. 나는 그런 연습을 수도 없이 많이 했다.

"응, 준비됐어."

내가 대답하자, 이모가 어깨를 활짝 펴며 말했다.

"출발해 볼까나?"

우리는 길 건너 낡은 자동차로 걸어갔다. 자동차에는 우리 짐이 꽉꽉 들어차 있고, 뒤에는 이삿짐 트레일러가 연결되어 있었다.

5월 26일이었다. 우리는 전문 매니저이자 요리사(애디 이모)가 필요하고, 웨이트리스(나)가 부족하며, 우리에게 방을 제공해 준다는 한 다이너에서 일하기 위해 위스콘신주의 멀허니로 갈 참이었다. 우리가 근무할 다이너 주인은 혈액암인 백혈병에 걸려서 일손이 빨리 필요했다. 야박하다고 여기지 않았으면 좋겠다. 죽음의 문턱에 있는 사람을 위해 일한다는 건 내게 대단한 기회처럼 생각되지 않기 때문이다. 게다가 나는 고등학교 2학년을 채 끝내기도 전에 학교를 떠나야만 했다.

무엇보다 내가 무척이나 좋아하는 곳을 떠나는 게 정말 싫다.

우리가 자동차에 막 타려고 할 때 모티 아저씨가 택시를 택배 트럭이 주차된 곳에 이중주차 했다.

친절한 모티 아저씨. 내가 처음 아저씨에게 서빙했을 때, 아저씨는 메뉴를 보기도 전에 허리띠를 한 칸 느슨하게 풀었다.

나를 진짜로 믿는 사람이란 걸 알았다.

나는 팁을 두둑이 주던 모티 아저씨에게 손을 흔들었다.

"네가 나를 잘 챙겨 주었는데……."

모티 아저씨가 길 건너에서 소리쳤다. 그때 택배 트럭이 택시를 빼라며 빵빵거렸다.

"계속 그러려고 했어요, 아저씨!"

"어디에 가든 넌 잘할 거야. 마음이 따뜻하니까!"

택배 트럭 기사가 아저씨에게 험악한 말을 퍼붓자, 모티 아저씨도 맞받아쳤다.

"입 조심해, 이 덩치야!"

위스콘신에서는 어떤 손님을 서빙하게 될지 몰랐다. 내 단짝 미리엄이 이별 선물로 '뉴욕 포에버'라고 적힌 티셔츠를 주고는 진지하게 말했다.

"호프, 네가 가는 곳은 치즈가 엄청 많이 나. 이게 사람들에게 얼마나 호감을 줄지 모르지만, 이 셔츠 입고 네가 누구인지 기억해."

미리엄은 표범무늬 조끼를 쭉 펴고 오른쪽 귓불에 달랑달랑 늘

어진 귀걸이 다섯 개를 뒤로 넘기고는 나를 꽉 안았다.

우리는 자동차에 올라탔다. 이모가 시동을 걸었다.

"저 푸른 초원을 향하여!"

이모가 외치고는 앞으로 나아갔다. 자동차는 내 평생 최고의 장소인 애틀랜틱 애비뉴를 따라 내려갔다. 이삿짐 트레일러 무게 때문에 자동차가 갤갤거렸다.

이모는 내 손을 힘주어 꽉 잡았다.

애디 이모는 삶이 만만할 거라고는 절대 약속하지 않았다. 하지만 내가 이모랑 있으면 맛있는 음식은 먹을 수 있을 거라고 약속했다.

내 말은 믿어도 좋다. 난 살아남는 게 뭔지 안다.

난 너무 일찍, 너무 작게 태어났다. 몸무게가 1.5킬로그램이었다. 태어나서 처음 한 달 동안 마치 어떻게 숨을 쉬는지 모르는 것처럼 계속 숨을 헐떡거렸다. 난 먹을 수도 없었다. 젖병을 빨 수도 없었다. 의사들은 내가 살아남지 못할 거라고 했다. 의사들 경험으로는 그렇게 예측할 수밖에 없었다. 엄마는 아이를 원하지 않았기 때문에, 나를 언니인 애디한테 떠넘기고 자기 인생을 찾아 떠났다. 나는 태어나서 딱 세 번 엄마를 만났다. 내 다섯 번째, 여덟 번째, 열세 번째 생일에 찾아온 것이다.

그때마다 엄마는 웨이트리스 이야기를 했다. 어떻게 하면 좋은 웨이트리스가 되는지("손이 야무지고 성격이 좋아야 해"), 뭐가 고약한지("정신 나간 요리사들과 하루 종일 있어야 해"), 지금껏 가장 많이 받은 팁이 얼마인지(즉석복권에 막 당첨된 배관공한테 받은 300달러).

그리고 그때마다 이렇게 말했다.

"이모한테 맡긴 건 너를 위해 내가 할 수 있는 최선이었어. 네게는 안정적인 생활이 필요해."

엄마는 그 말을 할 때마다 머리 색깔이 달랐다.

맞다. 애디 이모는 최고로 안정적인 존재였다. 이모는 병원에서 작은 인큐베이터 안에 있는 내게 기운을 내라고, 강해지라고 말하며 곁을 지켰다. 의사들은 포기하라고 말했지만 포기는 이모 스타일이 아니었다.

이모는 평생 아이를 바랐다. 유산을 세 번 하고 아무짝에 쓸모없는 이모부가 입술 얇은 치위생사 때문에 이모를 버린 뒤, 나는 이모에게 엄마가 될 수 있는 마지막 기회였다. 그래서일까. 어쩌면 이모의 간절한 바람으로 내가 이겨 낸 것 같다.

이런 까닭으로 나는 전통적인 부모 자식 관계에 집착하지 않는다. 어렸을 때 내가 좋아하던 책에는 여우, 양, 오리 같은 아기 동물 그림이 나왔는데, 개, 거위, 늑대 같은 동물이 이 아기 동물을 키웠다.

이모는 그 책이 바로 우리 이야기라고 말했다.

그래도 나를 낳아 준 엄마 디나는 딸에게 두 가지를 남겨 주었다. 하나는 내가 지금도 간직하고 있는 웨이트리스로서 살아남는 법이다. 다른 하나는 몇 년 전에 버렸는데, 그건 내가 태어났을 때 엄마가 지어 준 이름이다. 이름이 어처구니없게도 **튤립**이다.

어떻게 병원에서 온몸에 호스를 칭칭 두른 1킬로그램이 갓 넘는 아기를 보며 **튤립**을 생각할 수 있는지. 그런 엄마를 도저히 이해할 수 없다. 여덟 번째 생일에 왜 내 이름을 그렇게 지었느냐고 물어보았다. 엄마가 웃으며 이렇게 얘기했던 것 같다. 네덜란드 영화 한 편을 보았는데, 여자 배우가 아주 행복하게 튤립 밭을 달리고 있었다고.

"난 너를 그렇게 생각하고 싶었어. 행복하고도 자유롭게. 튤립 밭을 헤치며 달리는……."

엄마는 한숨 섞인 목소리로 부드럽게 속삭였다.

직접 개명을 한 내 친구 루르드는 더 최악이 될 수도 있었다고 했다. 그 여배우가 옻나무라든가 금어초 밭을 달렸다면 말이다. 아이들의 놀림과 선생님이 수업시간에 나를 부를 때 소름 돋는 저주에서 해방되는 데 12년이 걸렸다. 열네 살 즈음, 나는 여섯 군데 학교를 다니고 미국의 다섯 주에서 살았다. 이모는 뛰어난 요리사였지만, 이모가 일하는 레스토랑은 계속 망했기 때문이었다. 나는 변화와 적응에 대해 안다. 하지만 튤립은 도저히 적응되는 이름이 아니다. 그래서 열두 살 생일 때 이모가 정식으로 개명하게 해 주었다. 이모는 어떤 이름이 좋을지 잘 생각하라며 이름의 뜻이 들어 있는 책을 가져와 나와 함께 쭉 살펴보았다. 우리가 **호프**라는 단어에 이르렀을 때, 난 내 이름을 찾았다고 생각했다. 호프, '희망'은 사람이 품을 수 있는 최고 같았다.

이모는 호프 같은 이름은 두 배로 잘 생각해야 한다고 말했다. 이름에 맞게 쭉 살아야 하니까. 사람들은 '희망'에서 뭔가를 기대하지만, 패티, 리사, 다니엘 같은 이름에서는 별다른 기대를 하지 않는다. 그래서 나는 이름을 작은 종이에 써서 한 달 동안 지니고 다녔다. 호프 얀시. 한 달이 다 되었을 때 이모가 물었다.

"그 이름으로 살 준비 되었니?"

난 그렇다고 대답했다.

"좋아, 호프 얀시. 정식으로 부르자."

나는 옷을 차려입고 이모와 함께 버스를 타고 당시 우리가 살던 세인트루이스 시내에 있는 법원에 갔다. 법원에서 내 서류를 처리하던 직원이 '호프'라는 이름을 가질 만한 사람이 있다면, 그건 바로 나라고 말했다. 나는 그곳에 잠자코 서서 그 직원에게 희망을 채워 주었다.

그 순간에 나는 그다지 희망에 가득 찬 느낌은 없었다.

지금 이모는 젖과 꿀이 흐르는 희망의 땅, 위스콘신으로 차를 몰고 있었다. 나는 창밖을 내다보았다. 자동차는 서쪽으로 시끄럽게 털털거리며 나아갔다.

2

우리는 몇 시간 내내 달려가고 있었다. 이모가 지친 목소리로
아무렇게나 말했다.

"브라트부르스트(프라이용 돼지고기 소시지) 힘을 아는 소시지 도
매업자를 찾아야 하는데."

"버터스카치 크림 파이로 빨리 넘어가야 해. 그러고 나서 플랭
크(소 옆구리살) 스테이크를 소개하는 거야."

나는 내 인생이 고스란히 든 상자가 쌓여 있는 자동차 뒷좌석
을 들여다보았다. 이사를 많이 다니다 보면 세월의 시련을 견딘,
가지고 다닐 물건이 몇 개 없다. 웹스터 사전(미국의 유명한 영어사
전)이 하나 있다. 왜냐하면 단어는 중요하니까. 동의어사전도 하
나 있다. 이따금 적절한 단어를 찾으려면 도움이 필요하니까. 지
구본도 하나 있다. 글로벌한 시각도 있어야 하니까.

우리는 이 지구에 자기만 중요한 사람인 것처럼 살 수는 없다.
내가 그동안 살았던 곳을 담은 스크랩북이 열한 권 있다. 사람

들, 장소, 음식에 대해서 중요한 코멘트를 써 놓고 사진으로 마무리했다. 이모는 새로운 곳에 가면 마치 자기의 이전 역사가 없던 것처럼 생각하기 쉽다고, 그러니까 자신을 둘러싸고 있는 모든 삶의 역사를 끌어안아야 한다고, 그렇지 않으면 너무 잊어버리기 쉽다고 말했다.

내가 왜 스크랩북을 보관하는지 말하겠다. 혹시 우리 진짜 아빠한테 보여 줄 수도 있어서이다. 난 아빠를 한번도 만난 적이없다. 이름조차 모른다. 엄마도 누가 아빠인지 모른다고 했다. 엄마가 그렇게나 중요한 문제를 깡그리 잊고 새로 시작하고 싶어 한다고 생각할지도 모르겠다. 하지만 사실대로 말하자면, 엄마가 솔직한지 확신이 없다.

난 아빠가 저기 어딘가에서 나를 찾고 있다는 느낌이 든다. 어느 날 아빠가 내 앞에 나타나 딸을 찾기 위해 이 세상 전부를 뒤지라고 탐정에게 큰돈을 지불했다면서 그동안 뭐했냐고 물어볼 때, 나는 바보 멍청이처럼 있지 않을 거다. 시차가 세 시간이나 있는 미국에서 지내 온 내 삶의 모습과 속마음이 잔뜩 들어 있는 스크랩북 열한 권을 펼쳐 보일 거다.

애틀랜타에 살 때는 3개월 동안 걸스카우트에 들어갔다. 난 아무리 해도 옭매듭을 풀 수가 없었다. 하지만 커다란 깨달음은 얻었다.

항상 준비하고 있을 것.

이모는 늘 내게 말했다.

"사소한 것에 전문가가 되는 것보다 큰 깨달음을 얻는 게 훨씬 중요하단다."

여기, '오늘'에 대해서 내가 생각하는 큰 개념이 있다. 난 삶이 만만할 거라고 기대하지 않는다. 이미 쉽지 않았고 앞으로도 순조로우리라 기대하지 않는다. 모두가 이 철학을 좋아하는 건 아니다. 하지만 나는 이해가 된다. 왜냐하면 삶이 바닥을 칠 때, 세상

이 기쁨으로 가득한 것처럼 구름 속을 산책하는 사람들과는 달리 마음을 가다듬을 필요가 없기 때문이다.

학교에서 나랑 제일 친했던 남자애 해리슨 맥코이는 나에게 언제나 그 점이 마음에 든다고 했다. 지금 나는 해리슨이 준 이별 선물을 열고 있다. 자동차는 어느덧 오하이오주를 지나고 있었다. 상자에는 햇빛을 굴절, 분산시키는 작은 유리 프리즘과 해리슨이 손으로 쓴 쪽지가 있었다.

"새로운 장소는 우리에게 삶을 다르게 보도록 해 줘. 호프 네가 보고 싶을 거야. 너를 잊지 않을게."

해리슨은 언제나 감성 넘치게 말했다. 이런 말 때문에 해리슨을 '조셀린 린드스트롬'의 남성 감수성 차트에 바로 써 넣었다. 해리슨은 12개월 동안 이 차트에 계속 이름이 올라 있는 유일한 남자애였다. 도널드 라스피기는 "스웨터 멋진데" 같은 감성 터지는 말을 이따금 해서 이 차트에 두 번 올랐다.

달콤하고도 씁쓸한 추억에 빠졌다.

해리슨하고 나는 고등학교 바자회에 내가려고 엄청나게 큰 모카칩 쿠키를 구웠는데, 렉싱턴 애비뉴 지하철에서 도둑맞았다.

해리슨이 기르는 물고기 아프리카 버들붕어 '루서'는 셰프 보야디 라비올리(만두 비슷한 이탈리아 요리)를 씹지도 않고 먹었다.

엄마가 가족과 친구들에게 일 년에 한 번씩 보내는 복사한 크리스마스 편지를 읽는 해리슨.

"친구들에게."

(엄마는 '친구들에게'를 찍 긋고 '애디 언니와 내 귀여운 튤립에게'라고 썼다.)

해리슨은 엄마 자격도 자동차를 운전하는 것 같아야 한다며, 시험에 통과하고 나서 합법적으로 엄마가 되어야 한다고 말했다.

나는 햇빛 속으로 프리즘을 들어 올렸다. 햇빛이 프리즘에 닿자, 차 앞 유리창으로 무지개 색깔이 퍼졌다.

이모가 웃으며 말했다.

"이제 그렇게 대수롭지 않게 여겨지지?"

"그래."

나는 울지 않으려 창밖을 내다보았다.

우리는 인디애나주 사우스벤드에 있는 한 모텔에서 묵었다. 늦게 들어가서 일찍 일어났다. 나는 여기에 몸은 있지만, 마음은 다른 곳에 있다. 내 마음이 질문을 하지만 답이 없다.

위스콘신의 멀허니에는 어떤 아이들이 살까?

그 애들이 나를 좋아할까?

난 그 애들을 좋아할까?

그 아이들은 초밥을 먹어 봤을까? 그게 보통 내가 음식에 대한 지식이나 이해력 정도를 알아내는 방식이다.

어쩌면 이렇게 광고해 볼 수도 있다.

> 의미 있는 시간을 보낼 통찰력 있고 열심히 일하는
> 열여섯 살 여학생, 다정다감하며 재치 있는
> 친구를 구합니다.
> 식성이 까다로운 사람은 답장하지 않아도 됩니다.

우리는 우뚝 솟은 일리노이주 시어스 타워를 지나 위스콘신까지 가는 도로를 탔다. 초록색 언덕이 구불구불 펼쳐졌다. 치즈 광고. 풀을 뜯어 먹는 소. 지루함.

위스콘신 – 미국의 낙농지대

표지판이 알려 준다.

이모를 쳐다보았다. 이모 얼굴은 '젖소 마을'에 적응을 마친 것 같았다.

우리는 도시인이야!

나는 소리치고 싶었다. 그렇지만 소리치지 않았다. 오래전 지금 보다 더 어릴 적 이사를 할 때 끓어오르던 분노가 스멀스멀 고개를 들었다. 내가 열 살 때, 이모가 자동차에 짐을 싣자, 나는 친구 라일라네 집으로 도망가 버렸다.

나는 이모 등에 대고 외쳤다.

"난 애틀랜타에 안 갈 거야. 이모 마음대로 할 수 없어!"

그때 나는 자동차 조수석 문을 꽝 내리쳤다. 움푹 파인 자국이 아직도 그대로 남아 있다(난 그때 돌멩이를 쥐고 있었다). 라일라는 자기네 다락방에 나를 숨겨 주고 음료수와 과자를 주었다. 그런데 잠시 뒤, 엄마가 그랬던 것처럼 이모도 나를 버리고 떠날지 모른다는 생각에 덜컥 겁이 났다.

나는 두 구역을 달려 집으로 갔다.

이모는 모퉁이에서 눈물을 흘리는 나를 보더니 이삿짐 트레일러에 마지막 상자를 실으며 말했다.

"너 없이는 안 갔을 거야."

나는 그 무엇보다도 그 말을 믿고 싶었다.

이모는 보도 위 갓돌에 앉았다. 나도 이모 옆에 앉았다.

"네가 이해할지 잘 모르겠어. 하지만 너한테 내가 필요한 만큼 나도 네가 필요해. 이모 말 적어 두고 싶어? 까먹지 않게 주머니에 넣어 둘래?"

나는 짐이 꽉 들어찬 트레일러를 보았다.

"기억할게."

"나중에 시험 볼 거야."

이모가 자동차 문에 생긴 흠집을 살펴보았다.

"너한테 내리칠 다른 걸 줘야겠네."

그러더니 나를 언제까지나 꼭 안아 주었다.

밀워키 변두리에 있는 멀허니 서쪽으로 들어섰다.

내 머릿속은 또 다른 새로운 시작에 대한 기억으로 넘쳐 났다.

중학교 2학년. 플로리다주 펜서콜라의 첫날.

나는 농구장에 서서 소리쳤다.

"있잖아, 여기 나랑 친구 되고 싶은 사람 있니?"

두 명이 앞으로 나왔다. 그건 자기주장훈련*의 힘이다.

브루클린의 세인트 에드먼드 고등학교 축구 연습 때도 기억

---

*여성이 자신의 권리를 주장하는 방법과 기술을 습득하도록 도와주는 여성주의 역량 강화상담의 기법이다.

났다.

미리엄 그리고 나. 미리엄은 정강이 보호대 위 무당벌레와 장난치고 있었다. 나는 오랫동안 벤치 멤버였다. 축구하는 법을 까먹었다. 내가 말했다.

"축구가 우리한테 집단역학*을 가르쳐 주고, 자존감을 세워 준다고 생각하니?"

미리엄이 웃으며 손가락 위 무당벌레를 들어 올려 내게 건네주었다. 우리는 그 뒤로 쭉 단짝이 되었다.

나는 미리엄이 그리워 두 눈을 꾹 감았다. 미리엄이 지은 그 짧고 희한한 시조차 그리웠다.

어쩌면, 내가 뭘 들었나요?

뭐라고 말했나요?

나는 한숨을 푹 내쉬고는 우리가 일하게 될 새로운 식당에 대해 이모가 챙긴 파일 폴더를 들여다보았다. 폴더에는 식당에서 필요한 물건과 사장과 이모가 상의할 것들이 다 적혀 있었다. 메뉴판은 진한 파란색인데, 나무로 지은 2층집 그림이 있었다. 왼쪽하고 오른쪽에서 올라가는 계단 두 개가 중앙 정문에서 만났

---

* 집단역학(Group dynamics). 사회 집단 내에서, 또는 사회 집단 간에 발생하는 행동 및 심리적 과정의 체계를 말한다.

다. 다이너 이름은 '웰컴 스테어웨이즈'였다.

브루클린에는 평범한 스테어웨이즈, 그러니까 평범한 계단이
있었다.

이모는 매연을 뿜는 트럭 한 대를 추월했다.

"메뉴판 뒤를 크게 읽어 봐, 호프."

그럴 기분이 아니었지만 메뉴를 넘겼다. 내 목소리는 계속 가
라앉았다.

"먼 옛날부터, 퀘이커교*를 믿는 사람들은 매사추세츠의 자기
들 집 앞에 웰컴 스테어웨이즈(환영의 계단)를 만들었습니다. 이
양쪽 계단은 정문에서 도로까지 이어지는데, 모든 손님들에게
어디에서 왔든 환영한다는 것을 끊임없이 일깨워 줍니다. 퀘이
커교도의 신앙과 환대의 상징이지요."

내 목소리가 점점 더 가라앉는 게 느껴졌다.

"어릴 적, 집에 있던 웰컴 계단을 달려 올라가던 게 기억납니
다. 우리 어머니는 언제나 말씀하셨습니다. 이 계단은 삶에 어떤
변화와 어려움이 닥치더라도 하느님 안에서 굳은 믿음으로 맞아
들여야 함을 상징한다고요. 환영합니다, 친구! 어느 길에서 오셨
든, 주님의 은총이 여러분의 여정에 충만하기를 바랍니다."

끝에 '사장 G. T. 스톱'이라고 적혀 있었다. 스톱 씨가 바로 백

---

*프로테스탄트의 한 교파. 영국 식민지였던 미국에서 일어난 급진적 청교도의 한 부류
이다.

혈병에 걸린 사람이었다.

나는 메뉴판을 들고 앉아 있었다.

첫 번째 표지판.

위스콘신주 멀허니에 잘 오셨습니다. 인구 5,492명.

두 번째 표지판, 화살표 하나가 왼쪽을 가리켰다.

웰컴 스테어웨이즈. 미국 최고의 다이너로 가는 길.

이모가 콧방귀를 뀌었다.

"아직은 아니거든."

마을은 스타일이 뒤범벅이었다. 우리는 몇 구역에 이어져 보이는 대형 낙농장을 지나, 절대 내 머리를 자르고 싶지 않은 미용실을 지나쳤다. 멀허니 모텔이 보였다. 모텔 2층 발코니에 플래카드가 걸려 있었다.

멀허니를 위한 유일한 남자, 엘리 밀스턴을 시장으로 다시 뽑자!

복음주의교회를 지났다. 교회 주차장에서 남자 둘이 빨간색 낡은 승합차 엔진과 씨름하고 있었다. 등에 GOG(가스펠 오브 그레이스)라는 글자가 박힌 파란색 티셔츠를 입은 아프리카계 미국인 몇이 그 모습을 지켜보았다. 챙 넓은 근사한 모자를 쓴 흑인 남자가 웃음 지으며 승합차 안으로 들어가 엔진 속도를 올렸다. 지켜보던 사람들이 손뼉을 치며 손을 들어 올렸다. 사람들이 차 안에 올라타고, 승합차는 거리를 따라 달려갔다.

작은 집들이 다닥다닥 모여 있는 빨간색과 갈색의 낡은 벽돌 건물들. 엘크스* 자선보호회. 이모는 왼쪽 오른쪽으로 도로에 움푹 파인 구멍을 이리저리 피하고 있었다. 그 모습을 보자 브루클린이 떠올랐다. 빛바랜 표지판이 달린 낡아 빠진 멀허니 시민회관. 모퉁이를 돌자 '귀여움의 황금시대' 흔적인 '째깍째깍 시계방'이 나왔다. 유제품을 실어 나르는 트럭들이 우리 옆을 요란스레 지나갔다.

지하철도 없고, 초밥도 없다.

난 조수석에 몸을 파묻었다.

"좀 기다려 봐."

이모가 달랬다.

"침착하게 기다리는 중이야."

"그럼 내 손에 장을 지지겠다."

미국 최고의 다이너에 거의 도착했습니다.

이모가 화살표를 따라가며 중얼거렸다.

그때 유리문에서부터 왼쪽 오른쪽으로 이어진 선홍색 계단이 달린 하얀색 2층 목조 건물이 눈에 들어왔다. 깃대에는 미국 국기가 펄럭이고, 꽃나무 산책로가 건물 뒤쪽으로 빙 둘러 있었다. 창문마다 활짝 핀 꽃 화분이 놓여 있고, 정문 앞 위에 '웰컴 스테

---

*북유럽, 북미에 사는 큰 사슴.

어웨이즈'라는 큼지막한 간판이 걸려 있었다.

이모가 커다란 창문이 있는 발코니를 가리켰다.

"우리 방은 저기 위에 있는 것 같네."

오후 5시였다. 이모는 이삿짐 트레일러가 달린 자동차를 웰컴 스테어웨이즈 뒤쪽에 주차했다. 주차장은 거의 꽉 차 있었다. 좋은 징조다.

"내가 요리를 시작하면 미어터질걸."

이모가 호언장담했다.

차에서 기다리기. 새로운 곳에서 시작하기 전, 우리는 늘 그렇게 했다. 자동차 안에서 몰래 내다보며 식당 밖으로 나오는 사람들의 표정을 살폈다. 이모가 일을 시작할 식당에 미리 가 보지 않은 건 이번이 처음이었다. 이모는 전화로 사장과 이야기만 겨우 나누었다. 이모는 뒷문으로 나오는 남자 둘을 살폈다. 두 사람은 이만 쑤시고 말은 하지 않았다.

식사를 하고 나서 말을 하지 않는 건 심각하다. 사람들이 정말로 맛있는 음식을 먹었다면 표현하기 마련이다. 남자들은 아무 말 없이 찌그러진 트럭에 올라타 차를 뺐다.

"그다지 인상적이지 않은데……."

이모가 말했다.

우리는 아주머니 한 분과 십대 남자애가 나오는 것도 지켜보았다. 두 사람은 이야기를 살짝 나누었지만 그다지 활기차 보이지는 않았다.

"저 사람들이 제대로 먹었다면, 표정에서 보일 텐데."

이모가 차 문을 열고 다이너로 씩씩하게 걸어갔다. 새로운 곳에서 시작할 때 꼭 하는 말을 내뱉었다.

"하느님, 여기 제게 딱 맞는 일이 생겼나이다."

3

우리는 창가 테이블에 앉아서 요일별 특별요리 목록을 보고 있었다.

"고기, 감자 그리고 치즈가 너무 많아."

이모가 중얼거렸다.

천장에 달린 고풍스러운 선풍기 세 대가 다이너 안에 부드럽게 바람을 일으켰다. 모든 게 반짝반짝 빛나고 새로 하얗게 칠한 것처럼 보였다. 벽에 선명한 색깔의 작은 카펫이 걸려 있고, 창가 테이블에는 푹 파묻힐 것 같은 커다란 파란색 의자 쿠션이 있었다. 카운터에는 의자가 열두 개 있었다. 적당한 크기에 감당할 만했다. 카운터 뒤 기다란 선반에는 사탄의 레드핫 리벤지부터 텍사스 타바스코까지 온갖 매운 소스가 담긴 병이 진열되어 있었다. 바닥은 검은색과 하얀색의 체스판 무늬였다.

확실히 평균 이상이었다.

"디저트 진열대는 용서가 안 되네. 너라면 티파니의 진주 목걸

이를 플라스틱 상자에 넣겠지?"

이모가 이를 부드득 갈았다.

디저트 진열대는 작고 보잘것없었다. 이모가 자신이 만든 디저트에 대해 어떤 생각을 가지는지 모르는 사람이라면, 이 말을 이해하기가 어려울 것이다.

"난 티파니 보석가게에 들어가 본 적도 없는걸."

"나도 마찬가지야. 그래도 그 사람들이 보석을 어떻게 전시하는지는 알아. 내가 알려 줄게."

영어가 서툰 훈훈하게 생긴 넓적한 얼굴의 남자가 우리에게 물을 가져다주었다.

"어서 오세요, 손님."

남자는 깍듯하게 허리를 숙여 인사하고는 설거지가 산더미처럼 쌓인 개수대로 물러났다. 흑인 웨이트리스가 그릇이 바닥에 떨어져 와장창 깨지기 직전, 침착하게 균형을 잡았다.

"휴!"

웨이트리스가 웃으며 말했다.

검은색 치마에, 가슴에 '플로(flo)'라는 이름을 수놓은 하얀색 블라우스를 입고 있었다. 이름 위로, 원 안에 GOG 글자가 적힌 은색 자그마한 핀을 달고 있었다. 예쁘장한 얼굴에 머리카락은 짧고도 풍성했다.

나는 그 웨이트리스의 웃음이 무척 마음에 들었다. 웨이트리스는 재촉하지 않고 우리 테이블 옆에 서서 기다렸다. 나는 이모의 메모를 보고 플로가 매니저라는 사실을 알았다.

"멋진 분들, 고르셨나요?"

그 말에 나는 웃음 지었다. 이모는 주문하는 데 시간이 좀 걸린다. 이모가 요리하지 않는 식당에 있으면 이렇게 멍청이가 된다. 이모는 시험하는 투로 몸을 앞으로 기울이며 말했다.

"저, 여기 '으깬 감자를 곁들인 팟 로스트(쇠고기 찜)'에서 이 감자는 날마다 손으로 으깨나요, 아니면 으깬 걸 며칠 동안 사용하나요?"

"우리는 셰퍼드 파이*랑 감자 크로켓에 쓰고 남은 으깬 감자를 사용해요. 하지만 팟 로스트에 곁들인 정식에는 사용하지 않아요. 메뉴에 대해 잘 아시네요."

이모의 파란 눈동자가 플로에게 존경을 표하며 빛났다.

"난 팟 로스트로 할게요. 그래비(고기국물)는 따로 주세요. 채소가 싱싱하면 자르디니에(섞은 야채)를 주시고, 그렇지 않으면 샐러드로 할게요."

"샐러드드레싱은 뭐로 할까요?"

플로가 웃으며 물었다.

이모가 플로의 말에 웃어 보이며 말했다.

---

*으깬 감자 안에 다진 고기를 넣어 만든 파이. 옛날 영국에서 양치기 소년이 많이 먹던 파이라 해서, 양치기의 '셰퍼드' 이름으로 불린다.

"러시안."

"네?"

아까 그 훈훈하게 생긴 넓적한 얼굴의 남자가 즉시 우리 테이블로 다가왔다.

플로가 온화하게 웃으며 그 남자의 손을 잡았다.

"여기 유리가 러시아에서 왔거든요. 자기를 부르는 줄 알았나 봐요."

플로는 그 남자를 다시 주방으로 돌려보내며 말했다.

"유리, 러시안은 사람을 말할 때만 쓰는 건 아니야. 샐러드드레싱의 일종인데, 마요네즈에 칠리소스, 피망 그리고 잘게 썬 피클을 넣어 만들어. 넌 러시안 곧 러시아 사람이야. 그런데 이 드레싱도 러시안이라고 불러."

플로가 통에서 샐러드를 꺼내서 그 위에 드레싱을 뿌렸다.

유리는 미심쩍은 듯 뒤로 한 걸음 물러섰다.

플로가 씩 웃었다.

"웃기는 세상이지."

유리 눈썹이 일그러졌다.

"웃기네, 정말."

플로가 우리에게 아삭아삭 신선한 샐러드를 가져다주었다. 그때 문이 열리더니 '엘리 밀스턴에게 한 표를'이라는 홍보 배지를 단 덩치 큰 남자 여덟 명이 들어왔다. 그중 한 남자가 플로에게

'엘리 밀스턴에게 한 표를' 포스터를 건네며 창문에 붙이라고
했다.

플로가 말했다.

"랭글리, 우리 사장님은 그 사람한테 투표 안 할 거예요. 내일
아침 사장님이 올 때까지 기다리는 게 좋겠어요. 당신이 직접 얘
기해요. 유리, 자리 좀 준비해 줘요, 여기 손님들한테……."

"어서 오세요, 손님."

유리가 테이블 두 개를 밀어 자리를 마련하고는 물과 메뉴판을
가져왔다. 남자들은 고맙다는 말도 하지 않고 자리에 앉았다.

"커피 드릴까요, 손님?"

"당신 러시아 사람 맞아?"

한 사람이 유리에게 물었다.

"러시아에서 떠났어요, 네."

"그래, 확실한 거 같네."

또 다른 남자가 말하자 나머지 사람들이 웃음을 터뜨렸다.

유리도 거기 선 채로 따라 웃었다. 유리는 그 사람들이 자신을
놀리고 있다는 걸 알지 못했다. 그러자 그 사람들은 더 크게 웃
음을 터뜨렸다.

애디 이모가 유리의 팔에 손을 얹으며 부드럽게 말했다.

"커피 주실래요?"

이모는 밤에 커피를 마시지 않는다. 그 아저씨를 그 자리에서

빼내 주려고 주문했다는 걸 난 알았다.

엘리 밀스턴에게 한 표를?

엘리 밀스턴이 누구든 난 그 사람이 벌써부터 싫어졌다.

"그런데 말이야……."

이모는 웰컴 스테어웨이즈 다이너 위쪽 우리 방으로 올라가는 계단에 털썩 주저앉았다. 지금 우리 작은 소파를 계단 위로 옮기고 있었다. 내가 젊고 팔팔해서 무거운 쪽을 들었다.

"솔직히 말해 봐, 호프. 오늘 밤에 먹은 메뉴 어땠니? 난 그저 평범한 것 같은데."

"일단 소파부터 위층으로 옮기자. 그러고 나서……."

이모는 자기 쪽 부분을 들고는 헉헉대며 계단을 올라갔다.

"저 사람들이 내게 버터스카치 크림 파이하고 딥 디시 애플파이*를 같은 주에 내놓도록 해 볼까?"

"우리 이거 좀 더 빨리 하면 안 될까?"

"손님의 사기를 지나치게 꺾으면 안 되지, 지나치게……."

"나 소파 놓칠 거 같아. 소파에 깔리면 나 죽어."

"진작 말하지 그랬어?"

이모는 문을 밀어 열고 하얀색 커튼이 달린 아주 커다란 방으

---

*깊은 접시에 구운 파이.

로 소파를 밀어 넣었다.

나는 내 쪽을 내려놓고 힘들어 죽겠다는 듯 바닥에 털썩 내려 앉았다.

이모는 양념을 제외하고는 뭐든 빠릿빠릿하게 이해하지 못한다.

우리는 스툽 사장을 내일 아침에 만나기로 되어 있었다.

이모는 웰컴 스테어웨이즈 다이너에 자신의 획기적인 건강요 리 '어머니의 옛 맛' 브랜드를 어떻게 소개할지 소파에 앉아서 메 모를 하고 있었다.

나는 작은 카드에 내 이름 호프에 대한 흥미로운 정의를 쓰고 있었다. 나는 희망이라는 항목에서 특별한 도움이 필요했다.

대학생용 웹스터 사전에는 이렇게 나와 있다.

희망. 앞일에 대하여 어떤 기대를 품고 바람.

나는 이 모든 게 잘되기를 바라고, 바라고, 또 바란다.

브루클린의 블루박스 다이너에서도 똑같은 걸 바랐었다.

어떤 희망은 그저 산산이 부서졌다.

벽에 기대어 둔 커다란 거울에 내 모습을 비추어 보았다. 머리 를 들어 올리고 멋지게 웃어 보았다. 새하얀 이가 내 최고의 매 력이다.

다음은 어깨까지 흘러내리는 구불구불한 갈색 머리카락. 너무 길어서 내 눈썹을 덮는 앞머리는 빼고. 정말이지 웨이브가 완벽하다. 내 얼굴은 둥그스름한데(사람들은 귀여운 얼굴이라고 말한다) 광대뼈가 그다지 튀어나오지 않았다.

피부는 창백하고 눈동자는 엄마처럼 연한 파란색이다. 내 키는 170센티미터가 살짝 넘는데, 이모보다 7센티미터 크다. 그렇다고 해서 내가 이모보다 더 힘센 건 아니다. 친구 미리엄은 자기 엄마보다 5센티미터 큰데, 둘이 서로 비명을 질러댈 때마다 키가 커서 좋다고 했다.

나는 담요로 몸을 감싸서 눈하고 코만 내보였다. 경찰이 거짓말의 왕 '글리슨 빌'을 잡을 수 있을까 궁금했다.

이모가 진짜가 아니라고 말은 했어도, 나는 글리슨 빌이 지닌 사기성을 진작 알아봤어야 했다.

"글리슨은 사기꾼이었어, 호프. 안 그런 척했지만."

내 말이 그 말이다.

글리슨은 내 친구인 척했다.

그 사람은 자기 인생에서 가장 슬픈 일은 딸이 없는 거라고 내게 말했다.

이모는 뒤로 질끈 묶은 흐릿하게 쉰 갈색 머리채를 절레절레 저었다. 근육질의 힘센 두 팔로 팔짱을 꼈다. 이모는 주방 냄비들을 껴안고 다니느라 레슬링 선수처럼 두 팔이 튼튼했다.

"호프, 네 머릿속에 글리슨 빌 생각이 가득하다는 거 알아. 그 남자가 우리 돈하고 일을 가져갔어. 하지만 다른 뭔가는 더는 주지 말자. 우리 마음, 우리 심장, 우리 영혼. 그 사람은 그럴 가치가 없어."

이모는 옷가방에서 아주 질긴 잠옷을 꺼냈다.

"우리는 진실 앞에서 숨지 않을 거야. 어쩌면 이번이 최고로 힘겨운 이사일지도 몰라. 하지만 최선을 다해 해내자. 여기가 맞지 않는다면, 어떻게 할지 다시 결정하면 돼. 맞지 않는 곳에서 영원히 머물지는 않을 거야. 약속할게."

담요 속에서 나는 고개를 끄덕였다.

이모는 언제나 약속을 지킨다.

그래서 엄마가 나를 이모에게 맡긴 거다.

4

스툽 사장은 입에 이쑤시개를 문 채, 그릴에서 많은 달걀을 지지고 있었다. 그러고는 베이컨이 들어간 체더 오믈렛 세 개를 포갠 다음에 두툼한 햄 바로 옆에 지글지글 익는 스트립 스테이크를 놓았다.

이모와 나는 커다란 주방 조리실에서 부글부글 끓는 거대한 양파 수프 냄비 옆, 스툽 사장 뒤에 서 있었다. 나는 이미 초코칩 팬케이크를 실컷 먹었는데도 군침이 돌았다. 빨강 머리에 창백한 얼굴의 웨이트리스가 '쇼트 스택'이라고 소리쳤다. 외식업계 용어로 팬케이크 작은 사이즈 주문이라는 뜻이다.

스툽 사장이 스테이크에 양념된 소금을 뿌려 접시 위에 달걀이랑 콩과 함께 놓고, 그 옆에 옥수수 빵을 놓았다. 종을 쨍 울리고는 주방 창구 옆에 주문 음식을 내놓았다.

"플로, 와서 이 기적 같은 아침 식사 가져가. 내가 먹어 치우기 전에!"

지난밤 우리를 서빙했던 웨이트리스 플로가 소리쳤다.

"사장님, 좀 점잖게 구세요. 손님 접시에 손대지 말고."

스톱 사장이 씩 웃자 이쑤시개가 흔들렸다.

"난 그다지 점잖지 못한데."

스톱 사장은 목소리가 아주 굵었다.

"어이쿠, 나도 모르겠다."

플로는 이제 주방 창구에서 자기 주문 음식을 가져다가 카운터에 앉아 있는 덩치 큰 남자 앞에 놓았다.

스톱 사장은 뒤집개를 허공에 휙 던졌다가 다시 잡았다.

"칼, 그거 먹고 오늘 중요한 일 잘하셔."

칼은 벌써 음식을 우적우적 먹으며 포크하고 나이프를 기분 좋게 들어 올렸다.

모두가 웃으며 식사를 하고 있었다.

확실히, 백혈병에 걸린 사람 앞에 있다는 생각이 들지 않았다.

새벽 6시 30분, 다이너를 살펴보기에 최고의 시간이었다. 왜냐하면 이모가 늘 말했다. 그 시간에 북적이지 않으면……. 차마 그 말은 못 하겠다.

이미 웰컴 스테어웨이즈 다이너는 붐볐다.

스톱 사장은 그릴 위에 팬케이크 반죽을 부었다. 중간 키에, 비쩍 마르고 부드럽고 소박한 얼굴에 머리카락은 완전히 밀어 버렸다. 짙은 파란색 눈동자가 코끝 은테 안경 뒤에서 빛났다.

청바지에 워크부츠를 신고, 소매를 팔꿈치까지 둘둘 말아 올린 파란색 셔츠를 입었다. 앞치마는 두르지 않았다. 이모는 항상 앞치마를 둘렀다.

스톱 사장은 '즉석요리 전문 요리사'가 춤추는 듯한 율동으로 움직이고 있었다. 토스트 기계에서 빵 네 조각이 튀어나오면, 그릴 옆으로 양파를 밀어 넣고, 와플 틀에 반죽을 부었다.

스톱 사장이 웃으며 말했다.

"난 아침이 정말 좋아요. 여기 주방에서 일주일에 엿새 동안 땀 흘리던 게 그리워요. 그래도 애디 당신은 내가 여기서 결코 하지 못한 음식을 업그레이드시키겠지요?"

이모가 말했다.

"저는 사장님 메뉴에 프리타타*를 추가하면 돼요. 달걀, 감자, 양파, 싱싱한 허브. 사람들에게 다양한 양념으로 매일 좋은 변화를 주죠."

"근사한데요. 이 동네에서는 그걸 에그 캐서롤이라고 부릅시다."

이모가 웃으며 말했다.

"요리는 제가 할게요. 이름은 사장님이 붙이세요."

스톱 사장은 웃어 보이며 팬케이크를 뒤집었다.

---

*채소, 치즈 등을 달걀에 섞어 낮은 불로 데워 위를 갈색으로 한 오믈렛.

"그것이 바로 파트너십이죠. 호프, 이곳에서의 변화를 감당할수 있겠지?"

"저 적응 꽤 잘해요."

난 언제나 그렇게 대답한다.

"적응하면 다 이겨 낸 거지. 내 머리 깎아 주던 사람이 늘 하는말이야. 내가 머리 깎으러 다닐 때 말이야."

스툽 사장은 토스트 위에 버터를 펴 발라 재빨리 자른 다음 접시 위에 달걀, 소시지, 오렌지 조각을 나란히 놓았다.

"고등학교 2학년 중간에 우리 가족이 이사한 게 기억나. 나한테 그런 짓을 저지르다니, 노인네를 죽이고 싶었다니까."

나는 이모 어깨에 손을 얹으며 말했다.

"저는 이모를 살려 두기로 했어요."

이런 농담을 하다니, 호프. 이 남자는 백혈병에 걸렸다.

나는 주춤했다.

"제 말 오해하지 않으셨으면 좋겠어요."

이모가 한쪽 눈썹을 찡그려 보였다. 스툽 사장은 뒤집개를 흔들며 말했다.

"자연스럽게 행동해 호프. 난 요구 조건이 많은 편은 아닌데,그게 내 요구 조건 중 하나야."

스툽 사장은 손을 뒤로 내밀어 내게 소시지를 툭 던졌다. 나는허공에서 낚아챘다. 꽤 근사했다.

"일부러 말을 가려 할 필요는 없어. 우리가 여기에서 가려 써야 할 건 마늘뿐이야."

스툽 사장이 이어 말했다.

나는 웃으며 소시지를 먹었다. 쫄깃쫄깃하니 맛있었다.

스툽 사장이 접시 세 개를 주방 창구에 놓으며 말했다.

"난 아직 죽지 않았어. 안 그래, 플로?"

플로가 접시를 들어 올리며 우리를 보고 크게 웃었다.

"사장님은 우리보다 오래 살 거예요."

"그게 내 계획이야."

스툽 사장은 그릴 위에 캐나다 베이컨을 깔고 뒤집개로 꾹꾹 눌렀다. 웃을 때 눈가에 주름이 잡혔다.

이모가 내게 윙크를 보냈지만 나는 입술을 꾹 깨물었다. 이런 대화에 익숙해져야 할 거다.

적어도 190센티미터는 되어 보이는 아주 키 큰 남자가 빨간색과 초록색 다진 피망 그릇을 들고 주방으로 들어왔다. 그 애는 나보다 조금 더 나이가 먹어 보였는데, 지금껏 내가 본 가장 비쩍 마른 사람이었다. 몸 끝이 죄다 뾰족해 보였다. 검은색 머리카락은 굽슬굽슬하고 눈썹이 엄청나게 무성했다. 청바지에 검은색 티셔츠를 입고 운동화를 신었다. 첫눈에 그 남자를 '조셀린 린드스트롬' 차트에 남성 귀염성 점수 6.7정도로 가늠했다. 그 애는 나와 이모에게 고개를 끄덕이며 인사했다.

"저는 브레이버먼이라고 해요."

스툽 사장이 덧붙였다.

"우리 최고의 그릴 담당 요리사랍니다. 이 주방에서 이인자죠. 강철 담력을 지녔고요."

브레이버먼은 그릴 옆 선반에 홈 프라이스(살짝 삶은 감자 조각을 버터로 튀긴 것) 접시 하나를 내려놓고 한쪽 눈썹을 들어 올리며 살짝 미소 지었다.

"이 여자분들이 우리를 바로잡아 줄 거야."

스툽 사장이 팬케이크 네 개에 시나몬 애플을 놓고 완벽하게 뒤집고는 박박 밀어 버린 머리를 손으로 쓱 문질렀다.

"그거 알아? 모든 일에는 장점이 있어. 지금 항암치료 때문에 머리카락이 없잖아. 그래서 음식에 머리카락 빠질 걱정을 안 해도 돼."

난 어색하게 웃어 보였다.

플로가 웃으며 주방으로 들어와, 우리가 어젯밤에 정신 바짝 차리게 해 줬다며, 또 팁을 두둑이 줘서 고맙다고 했다. 우리는 빨강 머리 웨이트리스 루 엘렌과도 인사했다. 루는 나를 위아래로 훑어보았다. 별 감흥이 없는 것 같았다.

"전에 웨이트리스 해 봤어?"

난 그 눈동자 속에서 조롱을 보았다.

"뉴욕 브루클린 최고의 다이너에서 18개월 웨이트리스로 일한 경험이 있어요. 그리고 그 전에……."

"카운터 아니면 테이블?"

루 엘렌이 끼어들었다. 얼굴이 일그러졌다.

"둘 다요."

"얼마나 바빴는데?"

"주말에는 밖에 줄이 서 있곤 했어요. 그래서 다섯 시간 동안 화장실에도 못 갔어요. 정말 손님이 꽉꽉 찼거든요."

"난 10년 웨이트리스로 일했어."

루 엘렌이 낚아채듯 말했다.

나는 화장실을 얼마나 오랫동안 참을 수 있냐고 묻지는 않았다.

루 엘렌은 왼팔 위에 팬케이크 접시를 세 개 올리고(난 다섯 개 쌓을 수 있다) 모퉁이 테이블로 향했다. 애디 이모는 과학자가 미생물을 배양하는 페트리디시[*]를 들여다보듯 접시 위 블루베리 커피케이크 한 조각을 살피고 있었다.

"우리가 아침마다 직접 구워요. 꽤 잘 나가죠."

스툽 사장이 자랑스레 말했다.

"그렇군요."

이모는 포크를 꺼내서 케이크 한가운데를 잘라 내고는 부스러기를 털어 냈다. 이모가 무슨 생각을 하는지 난 알았다.

---

*실험실에 쓰는 덮개가 있는 유리 용기. 젤을 넣어 미생물을 배양한다.

건조해.

이모는 한입 떼어 천천히 씹었다. 얼굴에 표정 하나 없었다. 이모는 포커게임 하는 사람들처럼 표정을 전혀 드러내지 않고 음식 맛을 본다.

"저희 어머니의 레시피죠."

스툽 사장이 덧붙였다.

"어머님이 확실히 멋지고 뛰어난 분이시네요. 그런데 커피케이크가 좀 건조하군요."

스툽 사장이 천장을 올려다보며 크게 웃었다.

"오, 주님. 제가 이 여자를 데려온 게 잘한 일일까요?"

"제가 이제 여기 있으니 사장님은 편하게 쉬셔도 돼요."

이모가 대답했다.

"그러고 싶지는 않아요. 당신은 이곳이 계속 잘 돌아가도록 해요. 난 다른 일들을 처리할게요."

스툽 사장이 이모한테 커다란 열쇠꾸러미를 건넸다.

이모가 열쇠꾸러미를 흔들며 대답했다.

"메이플 버터를 물 흐르듯 잘 흘러갈 거예요."

브레이버먼은 스툽 사장이 요리하고 있는 주문을 살펴보면서 옆에 서 있었다. 스툽 사장이 뒤집개를 들어 올리자, 브레이버먼이 고개를 끄덕이며 눈으로 그릴을 살폈다. 그릴에서 스툽 사장이 빠져나오자, 마치 항공기 관제사들이 교대하는 것처럼 브레이버먼이 그 자리를 꿰차더니 팬케이크를 휙 던지고 베이컨을 뒤집고 달걀을 부치기 시작했다. 놀랍게도 노른자 하나 깨지지 않았다.

플로는 카운터 뒤에서 귀를 기울이고 있었다.

"사장님은 한 달 넘게 뭔가를 지지고 볶고 했어요. 그게 뭐예요?"

"내일 알게 될 거야, 플로. 퍼레이드 끝나고 나서."

퍼레이드로 말할 것 같으면, 내 생각으론 10층 높이의 커다란 가필드와 빅버드 풍선이 바람에 펄럭이지 않는다면, 뉴요커에게 깊은 인상을 주기는 꽤 어렵다.

그걸 퍼레이드라고 부르지 말기를. 그건 그냥 모임에 불과하다.

난 그다지 모임을 즐길 기분이 아니었다.

난 이곳에 끌려왔다.

이모와 나는 파인 앤 마젤란 거리 모퉁이, '스칼로티 치즈 월드' 옆에 서 있었다. 그 가게에서는 주말 사흘 동안 퇴역군인 모두에게 15퍼센트 할인행사를 하고 있었다. 사람들은 거리에 네 줄로 겹겹이 서 있었다. 나는 다음 날 아침 일을 시작할 때 아마추어처럼 보이지 않으려 웰컴 스테어웨이즈 메뉴를 들여다보고 있었다. 메뉴를 알지 못하면 느려 터질 수밖에 없으니까.

이모가 한마디 했다.

"그건 네 엄마를 **빼닮**았어. 네 엄마는 메뉴를 자기 손바닥 들여다보듯 알았거든."

엄마는 나처럼 기대 이상의 성과를 내는 웨이트리스다. 엄마는 지난번 크리스마스 카드에 자신의 삶에서 내린 최고의 결정은 웨이트리스로 살아온 것이라고 썼다.

"세상에 무슨 일이 일어나도, 전쟁이 터지거나 컴퓨터가 인간의 마음과 몸을 대신하는 시대가 온다 해도, 커피를 가져오고 주문을 확인할 사람은 계속 필요할 테니까."

썩 좋아 보이지 않는 멀허니 고등학교 밴드가 껄렁껄렁 지나갔다. 내가 다닐 새 학교다. 보라색과 금색의 유니폼. 그 아이들 얼굴을 훑어보며 나랑 비슷한 아이를 찾아보려 했다. 사람들이 금관악기를 **빽빽** 불어 댈 때는 본래의 모습을 알아보기는 어렵다.

뒤를 이어 전쟁 피로감에 찌든 베트남 참전용사들, 제2차 세계대전 퇴역군인들이 깃발을 흔들며 지나갔다. 나는 그 사람들이 지나갈 때 박수갈채를 보냈다. 클래식 자동차. 스카우트 부대. 광대. '리얼 프레시 유업'이라는 플래카드를 든 행복한 농부들의 행복한 행렬.

또 다른 행렬. 빨간색, 하얀색, 파란색 깃발을 펄럭이며 소리치는 고함꾼들. 빨간 재킷에 황갈색 옷을 입고 군중을 향해 손을 흔드는 한 남자. 그 사람 위로 굵은 글씨로 쓴 플래카드, '멀허니를 걱정한다면, 엘리 밀스턴을 시장으로'. 지난밤 다이너에서 보았던 몇몇 남자들이 보디가드처럼 그 행렬을 따라 걸어갔다.

내 옆으로 엄청난 혼란이 일었다. 브레이버먼이었다. 브레이버먼이 성난 눈동자로 엘리 밀스턴의 행렬을 노려보았다.

"저 사람이 8년 동안 시장을 해 먹었어."

"누가 경쟁 상대인데?"

"없어. 저 사람 파워가 너무 세."

경찰 제복을 입은, 얼굴이 시뻘건 통통한 남자가 소리쳤다.

"뒤로 물러서요, 여러분. 뒤쪽 도로 갓돌 위로 물러서세요."

가슴에 단 배지에는 **보안관 그리브스**라고 적혀 있었다.

밀스턴 티셔츠를 입은 험상궂게 생긴 남자가 머리 위로 박수를 치면서 사람들을 부추기고 있었다.

"엘리 밀스턴에게 4년을 더! 멀허니를 위한 유일한 선택!"

그러자 모두가 손뼉을 부딪쳤다. 나와 이모, 브레이버먼은 빼고.

"넌 시장님에게 박수를 보내지 않는구나."

그 남자가 브레이버먼에게 말했다.

"네."

브레이버먼이 톡 쏘아붙였다. 말할 때 목에 힘줄이 튀어나왔다. 그 남자는 브레이버먼을 뚫어져라 쳐다보다가 자리를 떴다. 문득 그 남자가 뒤를 돌아 나도 째려보았다.

온몸을 타고 두려움이 흘렀다.

미스 피티팻의 '탭댄스 달링 팀'이 그라임스 스퀘어에서 조금 떨어진 공원에 설치해 놓은 무대 위에 올랐다. 툭 튀어나온 더듬이가 달린 호박벌처럼 검은색과 노란색 옷을 입은 약 열두 명의 어린이가 있었다. 아이들은 이상한 모습으로 줄을 서더니 공연을 시작했는데, 탭댄스를 추며 노래를 불러야 해서 엄청난 집중이 필요했다.

안녕, 안녕하세요?
만나서 정말 반가워요.
정말 인사하고 싶었어요, 안녕!

나는 뉴욕 맨해튼 타임스스퀘어에서 연주하던 퓨전 재즈 거리 공연이 몹시 그리웠다.

탭댄스 달링 팀이 요란한 박수갈채를 받으며 종종거리며 빠져나갈 때, 이모와 나는 흰색 정자 옆에 서 있었다. 밀스턴 시장은 이 행사의 주인공이었다. 웃을 때 통통한 배는 조금도 움직이지 않았다. '험딩어' 다이너의 수석 웨이트리스 셜리 폴란스키의 말을 인용해야겠다.

"웃을 때 배가 움직이지 않는 거구를 조심하세요."

중국인 철학자가 이런 말을 처음 한 것 같은데, 음식 서비스 업계로 흘러 들어온 듯하다.

그때 스툽 사장이 무대로 걸어갔다.

"엘리, 내가 연설을 좀 하고 싶은데요."

시장은 흠칫 놀랐다.

"흠, 좋아요. 뭣에 관해서요?"

"딱 한마디만 할게요, 괜찮다면."

스툽 사장은 한참 동안 아무 말 없이 마이크 앞에 섰다. 태양이 번들거리는 머리를 강렬하게 비추었다. 머리카락이 빠지면 어떤 기분일지 갑자기 궁금해졌다.

"안녕하세요, 여러분."

사람들은 아이들을 조용히 시켰다.

"여러분은 내게 일어난 일을 압니다. 물론 모르는 분도 있겠지만요. 그것에 대해서는 여러분에게 다시 공개적으로 말하지는 않겠습니다. 다만, 여러분은 제가 뭘 계획하고 있는지 아셔야 할 겁니다. 올해 초 백혈병 진단을 받고 더 이상 하루에 열 시간 동안 그릴에 서 있을 수 없다는 걸 깨달았습니다. 나는 이제 사무적인 일을 더 해야 했습니다."

스툽 사장은 씩 웃었다.

"그래서 시장에 출마하기로 결심했습니다."

사람들은 깊은 충격에 빠졌다. 엘리 밀스턴 얼굴에서 웃음이 싹 가셨다. 난 이모를 쳐다보았다. 이모는 돌덩이처럼 굳었다.

"지금 이걸 해야 하는지, 조언해 줄 준비위원회를 만들지는

않았습니다. 내가 아는 한, 여러분은 장사를 하거나, 하지 않는 사람입니다. 하지만 여러분 가운데 암 따위는 생각하지 않다가 암에 걸렸을 때 어떤 반응을 보일지 압니다. 우선, 믿지 않습니다. 그런 다음 엄청난 두려움에 빠집니다. 저는 쉰네 살입니다. 지금껏 한번도 인생을 급하게 살 필요를 느껴 본 적이 없습니다."

엘리 밀스턴이 눈을 가늘게 떴다.

"저는 이 백혈병이 아니었다면 절대 알지 못했을 걸 깨달았습니다. 무엇보다도 옳은 일을 하는 게 얼마나 가치 있는지를 알게 되었습니다. 설령 방해하는 사람이 있을지라도 말입니다."

스튭 사장은 민머리를 손으로 문질렀다.

"저는 우리 마을에 화합과 공정함을 가져오려 이 경주에 뛰어들려 합니다. 제 생각에는, 여기 서로 으르렁거리며 싸우는 균열과 반목이 너무 많이 있습니다. 리얼 프레시 유업이 더 이상 확장되기를 바라지 않는 사람들. 바라는 사람들. 우리 가족을 위해 좀 더 나은 돌봄 서비스를 원하는 사람들. 원하지 않는 사람들. 학교가 지금 그대로 좋다고 생각하는 사람들. 과밀 교실을 걱정하는 사람들. 그 결과, 아무것도 합의되지 않고 해낸 게 없어요. 우리는 낡은 시민회관을 개조해 사람들이 다시 한데 모이도록 활용해야 합니다. 가족들을 위해 좀 더 나은 돌봄 시설을 확충해야 합니다. 아이들은 우리 미래니까요. 우리는 멀허니의 빈민들이 도움을 받을 수 있도록 돈을 더 풀어야 합니다. 우리 젊은이

들이 일자리를 구할 수 있도록 해 줘야 합니다. 대학을 가기 위해 돈을 벌고 싶어 하는 모두를 위해서요."

"스툼!"

엘리 밀스턴 시장이 얼굴을 붉히며 다가갔다.

"그건 나를 포함해 우리 모두가 바라는 달콤한 꿈이요. 하지만 그 모든 일에 필요한 자금을 대기 위해서는 이 마을의 선량한 사람들에게 세금을 왕창 걷어야 한단 말이오."

근심의 물결이 군중을 휩쓸었다.

스툼 사장은 시장을 바라보았다.

"엘리, 당신이 얘기를 꺼냈으니, 내 계획을 말하겠습니다. 이 마을에서 가장 큰 기업인 리얼 프레시 유업은 5년 동안 지방세를 한 푼도 내지 않았어요. 세금 체납액이 75만 달러나 됩니다. 그 돈을 거두어들이는 게 좋은 시작이라고 말하고 싶습니다."

사람들은 서로를 쳐다보며 한숨을 쉬었다.

엘리 밀스턴 시장이 침을 튀기며 말했다.

"어디서 그런 얘기를 들었는지 모르겠네. 고양이가 멍멍 짖어 댄다는 말만큼이나 시답잖은 소리를 하고 있군!"

"세무서에 갔었죠. 엄청난 컴퓨터 인쇄물을 살펴봐야 했어요. 하지만 누구나 사실을 확인할 수 있어요."

"거짓말이야!"

스툼 사장은 이를 앙다물었다.

"아뇨, 시장님. 우리 도로는 금이 쩍쩍 가고 있어요. 유제품 회사 트럭이 도로가 감당할 수 있는 것보다 무겁게 실어 달리기 때문이죠. 남쪽 지역 주민들은 밤에 잠을 이루지 못합니다. 저 트럭이 기름 값과 시간을 아끼려고 고속도로로 가는 지름길로 불법적으로 다니느라 창문을 우르르 쾅쾅 뒤흔들고 있기 때문입니다. 저들이 법을 지킬 때까지 리얼 프레시 유업에 벌금을 추가적으로 강력히 부과해야 합니다. 우리는 그 돈으로 도로를 보수하고 우리 마을 사람들을 위해 사용할 수 있습니다."

브레이버먼이 워워 소리를 내며 손뼉을 치기 시작했다. 다른 사람들도 따라 했다.

엘리 밀스턴 시장은 화가 나 얼굴이 붉으락푸르락했다.

"우리는 이 마을의 교통 상황을 점검 중이에요, 스툽. 마을 일은 그릴 위에서 버거를 뒤집는 것보다 훨씬 복잡해. 내 기억이 맞는다면, 그게 자네가 해 왔던 일이지."

스툽 사장은 웃으며 말했다.

"아, 그릴 위에 버거가 스무 개 넘게 있을 때는 용기와 더불어 재빠른 판단이 필요하답니다."

사람들이 그 말을 듣고 꽤 웃었다.

브레이버먼은 입에 손가락을 넣어 크게 휘파람을 불었다. 나도 저렇게 휘파람을 불 수 있으면 좋겠다.

엘리 밀스턴 시장은 초조함을 감추려 부단히 노력하고 있었다.

웃음이 커지고 얼굴 근육이 뻣뻣해졌다. 시장은 마이크를 움켜잡고 크게 웃었다.

"허튼소리로 모두의 시간을 낭비하지 말고, 진짜 이슈를 나누는 게 어떨까요? 저는 성과를 내고 있습니다. 리얼 프레시 유업은 이 마을을 유명하게 해 주었습니다. 제가 그 기업을 유치했습니다. 주위를 둘러보세요. 8년 전보다 멀허니가 더 크고 더 북적거리는 곳이 되었지요? 일자리가 더 많아졌지요? 우리 지역 상점에 거래가 더 많아졌지요? 두말하면 잔소리입니다. 게다가 그것은 제 세 번째 임기와 그 이후로도 죽 이어질 겁니다. 제가 이루어 낸 성과가 무척이나 자랑스럽습니다."

엘리 밀스턴의 장식 차 행렬 옆에서 걸어가던 남자들이 시끄럽게 환호를 보내기 시작했다.

스툽 사장은 목소리를 키웠다.

"리얼 프레시 유업이 마을에 들어섰을 때 파산한 멀허니의 소규모 가족 운영 낙농장들을 잊지 맙시다."

엘리 밀스턴 시장이 손을 내저었다.

"그 사람들이 경영을 제대로 했다면 분명 살아남았을 겁니다."

"재산세를 무지막지하게 올려서 그 사람들이 망한 거죠. 그러고 나서 리얼 프레시 유업이 갑자기 들어와 원래 주인들의 땅을 헐값에 사들였고요."

"당신은 꿈나라에 살고 있어요, 선생."

시장이 미스 피티팻을 보고 어색하게 손짓했다. 그러자 미스 피티팻은 탭댄스 달링 팀을 무대 위로 떠밀어 '귀여운 거미'와 '반딧불이' 공연을 펼치게 했다.

애디 이모가 내게 몸을 돌렸다.

"사장이 완전 미쳤군! 스트레스로 한 달 만에 죽을 거야."

나는 침을 꼴깍 삼켰다.

스툽 사장이 무대를 내려와 우리 쪽으로 오더니 이모에게 말했다.

"꽤 잘된 것 같아요."

이모는 아무 대꾸도 하지 않았다.

"애디, 당신이 여기서 식당 일을 맡아 줘서 정말 기뻐요. 나는 이제 정치에 뛰어들어 내 자신을 바보로 만들어 봐야죠."

이모는 보일 듯 말 듯 고개를 살짝 끄덕였다. 이모가 식당 일을 감당할 본인의 능력을 인정하는 건지, 스툽 사장이 바보라는 걸 인정하는 건지 나는 잘 모르겠다.

스툽 사장이 웃음을 띠며 사람들을 헤치고 지나가자, 모세의 기적처럼 홍해가 갈라지듯 사람들이 스툽 사장을 위해 길을 비켜 주었다.

5

웰컴 스테어웨이즈 다이너는 '잡초 속에 깊이 빠져 있었다'. 이건 식당에서 쓰는 말로, 엄청나게 바쁘다는 뜻이다.

메모리얼 데이(전몰장병기념일)에는 언제나 배고픈 사람들로 꽉꽉 찬다. 스툽 사장이 연설한 뒤로는 마치 우리가 무료음식을 나누어 주는 것처럼 사람들이 밀려들고 있었다.

애디 이모는 익숙하지 않은 주방에서 요리하느라 고군분투하고 있었다. 사람들이 스툽 사장에게 질문을 퍼부어 대고, 스툽 사장은 천장에 매달린 커다란 골동품 선풍기 아래 서서 최선을 다해 대답했다.

루 엘렌이 한 남자의 다리에 걸리는 바람에 고기와 콩, 아보카도 소스가 든 나초 접시를 날려 버렸다. 지금 우리가 바라는 건 이 상황에서 살아남는 것 같았다.

플로가 내게 흰색 앞치마를 던진다.

루 엘렌은 내 손에 주문서를 탁 밀어 넣는다.

"네가 어떻게 해내는지 보겠어. 카운터를 맡아."

학교에 있지 않을 때조차도 삶은 시험이다.

카운터에 배고픈 손님 열두 명. 우선, 기운 넘치는 웃음 짓기.

난 여러분의 친구예요. 적이 아니랍니다.

둘째, 동정심을 공략하라.

"오늘 일하는 첫날이거든요. 뭐가 어디 있는지 잘 몰라요. 그래도 제가 찾아서 드릴게요. 커피 드실 분?"

손 일곱 개가 올라간다.

나를 뚫어져라 노려보는 루 엘렌을 부리나케 지나쳐 커피를 가지러 간다. 왼손에 컵받침이 있는 커피 여섯 잔을 나른다. 커피 한 방울 흘리지 않고 두 잔씩 두 겹으로 쌓고 오른손에 일곱 번째 잔을 가져와서 무사히 커피를 놓는다.

사람들이 나에게 워낙 빨리 주문을 외쳐 대는 바람에 주저할 겨를이 없다. 나는 주방 창구로 달려가 주문을 외친다.

이모가 주방에서 으르렁거리며 냉장고 문을 열고는 닭 가슴살을 못 찾으면 닭을 튀길 수 없다고 말한다. 이모가 찾을 수 있을까? 브레이버먼은 그릴을 지켜보고 버거를 뒤집으면서, 재료가 어디 있는지 차분하게 이모에게 알려 준다.

"폭찹 스페셜 세 개요."

내가 말한다. 브레이버먼은 고개를 끄덕이고 짙은 눈썹을 치켜올린다.

이모가 냄비를 쾅 올린다.

나는 타코 샐러드랑 버거 한 개를 정문 근처 테이블에 서빙한다. 마치 그것이 순수한 기쁨을 주는 것처럼.

그리브스 보안관이 다이너 안으로 갑작스레 들이닥쳤다.

"지금 여기는 수용 인원을 초과하였습니다."

그러면서 금전등록기 쪽에 줄 서 기다리고 있는 사람들에게 손짓하며 외쳤다.

"여러분 밖으로 나가세요. 안 그러면 이 식당을 폐쇄해야 합니다."

보안관은 불만스러워하는 사람들을 문밖으로 이끌었다.

한 남자가 저쪽 편에서 소리쳤다.

"스툽 사장님, 시장의 선거운동 스트레스를 감당할 수 있어요? 지금 사장님 목숨과 싸우고 있는 중이잖아요?"

스툽 사장은 금전등록기 바로 맞은편 디저트 진열대에 기대어 있었다.

"난 죽는 것보다는 사는 것에 더 관심이 많아요. 내가 죽기 전에 이 마을에 최대한 건강한 변화를 불러일으키고 싶어요. 난 즉석요리 전문 요리사입니다, 모건. 언제나 한 번에 한 가지 이상을 해내죠."

모두가 웃음을 터뜨렸다.

나는 커피를 따르고 있다. 잡초 속에 깊이 빠지지 않는 비결은

손님에게 커피를 계속 채워 주는 거다.

플로가 팔뚝에 버거 스페셜을 올리고 프렌치프라이 한 개도 떨어뜨리지 않고 달려오고 있다. 나는 주문을 받고 완성된 음식을 가져오고 사람들을 비집고 지나가며, 서빙의 치열함을 체험한다. 창밖을 내다본다. 다이너 안으로 들어오려는 줄이 길게 이어져 있다.

유리가 눈을 흘기며 말한다.

"러시아에서처럼 줄 섰어."

유리는 서둘러 물을 테이블로 가져와 세팅한다.

"8번 테이블 맡아."

루 엘렌이 나를 보고 톡 쏘아붙였다. 마치 내가 태어나자마자 그 자리가 어디 있는지 알아야 한다는 투다. 그러면서 금전등록기 옆 식스 탑을 손가락으로 가리킨다. 식스 탑은 여섯 명이 앉을 자리가 있는 테이블을 말한다.

나는 바로 달려간다.

다행스럽게도 손님이 재빨리 주문한다.

나는 루 엘렌의 구역, 모퉁이 테이블에 앉은 사람들에게 커피를 더 따라 준다. 루 엘렌이 주방으로 나를 따라온다.

"거긴 내 테이블이야."

"도와주려고 그랬어요."

"내 테이블은 내가 알아서 해."

알아서 잘할 거면, 그 손님들은 왜 커피가 떨어졌지?

밀짚모자에 커다란 꽃무늬 원피스를 입고 카운터에 자리 잡은 여자 손님이 소리쳤다.

"이 마을에는 선출직 공무원에 출마하는 사람은 건강해야 한다는 법은 없나요?"

스툽 사장은 웃으며 말했다.

"세실리아, 우리 마을 헌장에는 주민이면 누구든 시장 후보로 나설 수 있다고 나와 있어요. 30세 이상에, 미국 시민이라면."

그 여자는 메모장에 그걸 적더니 나를 보고 고개를 끄덕였다.

"세실리아 컬페퍼. 〈멀허니 메신저〉 신문 편집자란다."

"호프 얀시예요."

"이름 좋은데……."

나는 초집중해서 서른다섯 가지 일을 저글링하듯 소화하며 콩콩 뛰는 심장으로 어디든 달려간다. 메뉴를 더 잘 알면 좋겠다. 하지만 어딘가에서 뭔가 일단 시작해야 한다면, 차라리 열심히 빠르게 하는 게 낫다.

꼬맹이 하나가 숟가락을 아기 여동생한테 던진다.

나는 큰일이 일어나기 전에 달려가 숟가락을 잡는다. 내가 숟가락을 아기 엄마에게 건네자 고마워하며 나를 쳐다본다.

모든 것을 서비스하는 웨이트리스. 우리는 음식을 서빙하고, 보호하고, 지켜 낸다.

플로가 헐레벌떡 나를 지나쳐 가며 웃는다.

"잘하는데."

나는 씩 웃었다.

"아, 네."

브레이버먼이 소리친다.

"4번 버거 스페셜 나가요."

내 것이다. 허둥지둥 주방 창구로 가서 왼쪽 팔뚝에 접시를 올린다. 한 여자가 말한다.

"스툽, 당신은 정치 경험이 없잖아요. 우리가 왜 당신한테 투표해야 하죠?"

스툽 사장은 자신이 교육위원으로 일해 왔으며, 응급치료센터 설립을 도왔다고 설명한다. 스툽 사장은 이 마을에서 25년을 살았다.

"그 유업의 세금 체납을 얼마나 오랫동안 알고 있었나요?"

한 남자가 소리쳐 묻는다.

"작년 크리스마스 전에요. 그 문제 때문에 엘리 시장을 세 번이나 만나 보려 했지만, 번번이 날 만나려고 하지 않았어요. 남은 건 오직 대중 앞에서 연설을 통해 알리는 것뿐이라는 결론을 내렸죠. 그런데 백혈병에 걸리고 말았어요. 한동안 백혈병 치료에 집중할 수밖에 없었어요. 제가 이기적으로 굴었으니, 여러분 모두에게 사과합니다."

모두가 한꺼번에 이야기를 시작한다.

내 어깨에 누군가 손을 얹는 게 느껴졌다. 플로였다. 자기 친구라며 브렌다 밥콕 부보안관을 소개해 주었다. 부보안관은 내가 만난 가장 아름다운 흑인 여자였다. 광대뼈가 몹시 매력적이었다.

"브렌다는 지난달 미니애폴리스에서 여기로 전근 왔어. 지구 상에서 가장 까칠한 경찰관이지."

"난 힐로 나쁜 놈들을 깔아뭉갠단다. 흥미로운 시기에 이 마을에 온 것 같구나, 호프."

브렌다가 웃으며 나와 악수했다.

나도 따라 웃어 보이며 말했다.

"그런 것 같아요."

나는 다이너 안으로 들어오려고 기다리는 밖의 줄을 쳐다보았다. 보안관이 교도소를 지키는 교도관처럼 사람들을 지켜보고 있었다.

나이 든 여자 한 명이 외쳤다.

"스툽, 병 상태는 어때요?"

"1차 항암치료를 받았어요, 엠마. 병이 나아지기를 바라고 있어요."

"나아지지 않으면요?"

다른 사람이 소리쳤다.

"그러면 다시 치료 받아야죠."

저런, 사장님.

나는 앞머리를 뒤로 밀었다. 카운터를 바라본다. 시무룩한 얼굴의 덩치 큰 남자가 스툴의자에 올라앉는다.

왼쪽도 오른쪽도 보지 않고 메뉴판을 잡는다. 먹고 곧장 나가려는 사람이다. 난 빛나는 웃음을 지으며 다가간다.

"손님, 안녕하세요."

"블랙커피하고 BLT 샌드위치*."

남자가 딱 잘라 말했다.

이제 내 심장이 말하는 게 느껴진다. 이 사람 삶에는 뭔가가 더 필요하다고. 그래서 시도했다.

"구운 양파를 넣은 체더 버거와 호밀흑빵에 얹은 버섯 요리 드셔 보셨나요, 손님?"

먹히는 데 잠깐 걸렸다.

남자가 웃음을 지으며 카운터를 내리친다.

"그거 줘요."

난 그 남자한테 더 필요한 게 있다는 걸 느낌으로 안다.

"혹시 음료도 필요하신가요?"

물론 그 사람은 필요하다.

---

*베이컨, 상추와 토마토를 넣은 샌드위치.

"핫초코."

남자가 아이처럼 웃으며 말한다.

이제 그 사람은 무장해제되었다.

그런 식으로 인간애를 건드리는 게 효과가 있다.

나는 주방 창구로 달려가 주문을 외친다.

스툽 사장은 종이 뭉치를 들고 있다.

"이건 제 시장 후보 추천인 서명지예요. 서명하고 싶은 분이 있으시다면……. 선거관리위원회에서 공식적으로 후보자 명단에 오르려면 유권자 서명 200명이 필요하답니다."

몇몇이 앞으로 나섰다.

주름진 얼굴의 노인이 추천인 서명지를 훑어보았다.

"잘 모르겠어, 스툽. 우리 가게는 그 회사한테 일거리를 많이 받아. 여기에 서명하면 내게 해가 될 것 같아."

"그럴 수도 있겠네요."

스툽 사장이 인정했다.

어떤 여자가 말했다.

"나도 생각 좀 해 봐야 해요. 남편하고 아들이 그 회사에서 일하니까요."

입구에 그리브스 보안관이 있었다.

그 여자가 보안관을 보더니 초조하게 덧붙였다.

"게다가 자기들 일을 무척 좋아해요. 정말 그래요!"

"내가 서명하죠."

이 마을에 처음 왔을 때 본, 교회 승합차를 운전하던 흑인이 앞으로 걸어 나왔다. 에너지가 넘쳤다. 희끗희끗한 콧수염이 빽빽했다.

플로가 내 뒤에 서서 말했다.

"우리 교회 홀 목사님이셔. 진짜 좋은 분이야."

"정말 고마워요, 목사님."

스툽 사장이 말했다.

홀 목사님은 그 추천인 서명지를 집더니, 모자를 뒤로 밀고는 스툽 사장을 쳐다보았다.

"오늘 더 놀랄 만한 거 있나요?"

"어쩌면요."

스툽 사장이 환하게 웃었다.

홀 목사님은 추천인 서명지에 서명을 한 뒤 스툽 사장의 손에 쑤셔 넣었다. 그리고 그대로 사장님의 팔꿈치를 끌어당겨 내가 커피를 따르고 있는 카운터 쪽으로 데리고 와서 자그맣게 속삭였다.

"나한테 미리 말할 수도 있었잖소. 하느님, 맙소사!"

"목사님이 날 말릴 줄 알았거든요."

"말릴 만해요. 뭘 하려는지 말하지도 않고 바보처럼 늘 일을 벌이잖아요."

"나한테 투표할 거지요, 목사님?"

"당신을 위해 기도하겠소."

"안녕하세요, 목사님."

플로가 친절하게 인사하며 식당에 있는 사람들 모두가 듣고 있다는 걸 눈짓으로 알려 주었다.

스툽 사장과 홀 목사님은 사람들을 바라보더니, 서로 등을 툭치고는 웃음 지었다.

이제 GOG 티셔츠를 입은 몇 사람이 서명을 하러 다가왔다. 그러자 두어 사람이 더 따라왔다. 플로도 줄을 섰다.

나도 저 추천장에 서명할 만큼 나이가 들었으면 좋겠다. 왼쪽 팔에 접시 다섯 개를 잔뜩 들고 갈 수 있다면, 열여덟 살이 되지 않아도 투표를 할 수 있는 권리를 주어야 한다.

힘든 메모리얼 데이를 보냈다.

주문장 두 권을 다 처리하고 뜨거운 음식을 모두 제때 손님들에게 가져다주었다.

내가 치즈를 빼달라고 말했는데도 브레이버먼이 체더 치즈를 올리는 바람에 다시 만들어야 했던 불에 구운 멕시칸 브로일드 닭 가슴살만 빼고. 그릴 담당 브레이버먼은 자신의 잘못을 인정하지 않았다.

이런 경우에는 어떻게 할 수가 없다. 싸움은 시간 낭비다. 속

도와 정확함이 좋은 웨이트리스를 만든다. 음식을 정확하게 서빙하는 것과 손님에게 서비스하는 것 사이에서 지혜롭게 타협하는 법을 배운다.

그 주문 실수에 대해서 내가 사과하자, 브레이버먼은 뒤로 자빠질 뻔했다. 내 열세 살 생일에 마지막으로 본 엄마가 그렇게 하는 법을 가르쳐 주었다.

그리고 어떠한 경우에도 전문 웨이트리스가 따라야 할 세 가지 규칙을 알려 주었다.

(1) 손님은 언제나 옳다.
(2) 요리사는 언제나 옳다.
(3) 손님과 요리사가 안 맞으면, 웨이트리스는 해결할 수가 없다.
   팁은 물 건너간다.

내가 어렸을 때부터 애디 이모가 나한테 가지고 있으라고 한 '최고의 엄마 책'에 이 규칙을 적어 두었다.

이모는 엄마가 거의 보러 오지 않을지라도 여전히 내 인생에 중요한 존재이며, 엄마가 건네준 물건을 아끼고 기억하는 건 나한테 달렸다고 말했다.

팁을 짜게 주는 손님 : "감정적으로 받아들이지 마. 그 손님들은 어찌 됐든 아이 때부터 가난했어."

저지방 앙트레 : "아주 잘 팔려. 하지만 누구도 먹고 나서 그다지 흡족해하지 않지."

단골손님 : "말을 걸어. 그 사람들이 했던 말을 기억하고 다음 날 다시 물어봐."

남자 : "여자 친구하고 오지 않을 때 팁을 더 많이 주지."

꼬마손님 : "아이들한테 맞장구쳐 줘. 부모들이 그걸 퍽 좋아하거든."

난 엄마가 보낸 크리스마스 편지도 모두 간직했다. 아마도 난 이런 식의 연락도 고마워한 것 같다. 하지만 편지로만 연락을 주고받는 부모가 있다는 건 희한한 일이다.

언젠가 한번은 크리스마스 편지를 받지 못해서 걱정했던 적이 있다. 편지는 그라운드호그 데이*에 왔다. 엄마는 라스베이거스에서 블랙잭 딜러, 로베르토라는 꿈같은 남자를 만났다. 엄마는 몹시도 행복에 빠졌지만, 로베르토가 나쁜 놈이라는 걸 깨닫고 그 남자한테 꺼지라고 하고는 아무것도 하지 않았다. 엄마는 편지 끝에 '파 라 라 라 라 라 라'라고 썼다. 그게 엄마가 인생을 사는 방식이다.

엄마를 마지막으로 만났을 때 어찌나 불편해 보이는지, 나는 엄마가 창문으로 뛰어내릴지도 모른다고 생각했다.

엄마는 내가 좋아 보인다면서도 눈을 맞추려 들지 않았다.

엄마는 이름을 바꾼 게 괜찮다고 하면서도 계속 나를 튤립이라고 불렀다.

엄마는 나를 사랑한다면서도 다시 돌아오지 않았다.

견디기 힘든 진실을 마주하려면 용기가 필요하다. 언젠가 이모가 내게 말했다. 진짜로 기적이 일어나지 않는다면, 엄마가 달라

---

*2월 2일 미국의 봄의 시작을 알리는 기념일. 마멋이 겨울잠에서 깨어난다. 성촉절이라고도 한다.

지지 않으리라는 건 확실하다고.

이모는 또한 말했다.

"호프, 감당하기 힘든 거 알아. 하지만 내가 너한테 지금 거짓말을 한다면, 나중에 상황을 더 나쁘게 만들 뿐이야. 그렇다고 네 엄마가 널 사랑하지 않는다는 뜻은 아니야. 네가 원하는 그런 엄마가 될 만한 자질이 없다는 뜻이야. 네 엄마는 중간에 그걸 잃어버린 게 아니란다. 처음부터 아예 없었어."

우물은 말라 버렸다. 내가 내린 결론이었다. 언젠가 '우물'에 대해서 시를 쓴 적이 있다. 자유시였다. 난 운율을 도저히 맞출 수 없었다.

> 무슨 까닭인지 우물이 가득 차기를 기대했었다.
> 전에 한번도 가득 찬 적이 없었는데도.
> 나는 시커먼 안쪽에서 물의 흔적을 계속 찾았다.
> 내 양동이가 닿으며 쿵 부딪치는 소리가 들렸다,
> 아무것도 가진 게 없는 벽에 부딪치는 소리.
> 난 텅 빈 채 올라온 양동이를 보고
> 내 인생을 바꾸기로 결심했다.
> 나는 내 양동이를 들고 또 다른 우물을 찾을 거다.

해리슨은 시를 학교 문집에 내라고 했지만, 난 그러지 않았다.

해리슨은 추가 학점을 받으려면 영어 선생님한테 그걸 보여 줘야 한다고 말했다. 나는 인쇄되거나 평가받고 싶어 시를 쓴 게 아니었다. 해리슨은 집 강아지 필버트가 죽었을 때 깊은 상실감에 대해서 2페이지짜리 시를 썼다. 창조적 글쓰기 과목 선생님이 B⁻를 주었다. 슬픔에 빠진 사람이 B⁻를 받는 게 어떤 건지 아는가?

나는 소금 통이랑 냅킨 상자를 채우면서 스툽 사장이 시장 선거 운동으로 스스로를 죽이려고 하는 건 아닌지 의문이 들었다. 이렇게 작은 낙농마을에 흥미로운 청소년들이 있을지도 궁금했다.

브레이버먼이 줄이 잔뜩 쳐진 종이뭉치를 들고 주방에서 걸어 나왔다.

"이 추천인 서명지에 서명을 받을 수 있도록 우리가 스툽 사장님을 도와야 해. 우리 내일 밖에 나가서 시작할 거야."

삐걱거리던 친근감이 열리기 시작했다. 나는 정치에 대해 쥐뿔도 몰랐지만, 상황 판단이 느리지는 않았다.

"나도 도와주고 싶어. 근데 나 아직 투표할 수 없는데 괜찮아?"

브레이버먼은 뭔가 멍청한 짓을 저지른 조수를 바라보는 요리사처럼 나를 쳐다보았다.

어쨌든 괜찮다는 뜻인 것 같았다.

"누가 나한테 질문하면 어떻게 해?"

브레이버먼은 카운터에 몸을 기댔다.

"사람들한테 말해. 스툽 사장님은 이 세상 어떤 것과도 맞서 앞으로 나설 용기가 있다고. 그런 용기가 바로 이 마을에 필요하다고."

브레이버먼의 표정을 보고 농담이 아니라는 걸 알 수 있었다.

"사장님을 무척이나 잘 아는 것 같네."

"우리 엄마가 실직했을 때, 사장님이 내게 서빙 일자리를 주셨어. 그러고 나서 요리하는 법을 가르쳐 주셨지."

"와우."

브레이버먼은 케첩 병을 바라보고 있었다.

한참 동안 어색한 침묵이 이어졌다.

"그런데 브레이버먼. 너…… 고등학교에…… 다니니?"

"지난해에 졸업했어."

"이 근처 대학에 다녀?"

"지금 당장은 대학에 갈 수 없어."

멍청이, 호프.

브레이버먼은 종이뭉치를 만지작거렸다.

"문 어떻게 잠그는지 알아?"

"열쇠 있어. 플로가 가르쳐 줬어."

"뒷문 까먹지 마."

"알았어."

브레이버먼은 내가 사과하기도 전에 문밖으로 성큼성큼 걸어

나갔다.

내 인생, 지금까지, 위스콘신에서.

하루 종일 일했다.

요리사를 기분 나쁘게 했다.

"잘 가, 브레이버먼."

나는 닫힌 정문을 보고 말했다. 그리고 문을 잠그러 뒷문으로 걸어가, 자물쇠에 열쇠를 꽂고 플로가 알려 준 대로 좌우로 재빨리 움직였다. 다시 좌우로 움직여 봤다. 다시.

잠기지 않았다.

십분 동안 갖가지 방법으로 해 봤다.

어렸을 때 막 이사를 한 상황과 비슷했다. 새 집 현관문을 열 수 없어서 새 아파트 열쇠를 쥐고 복도에 서 있곤 했다.

"아, 제발!"

나는 이 멍청한 녀석을 살짝 움직여 봤다.

늘 하던 대로 문을 세게 내리쳤다. 손이 아팠다.

울고 싶은 마음이었다. 달아나고 싶었다.

내 뒤에서 불이 켜졌다.

내 몸이 뻣뻣하게 굳었다.

스톱 사장이 나에게 곧장 걸어와 열쇠를 가져갔다.

"이놈의 뒷문을 잠그는 데 애를 먹지. 나도 열쇠 때문에 곤란한 적이 있었어. 결혼식 날 빌린 턱시도와 함께 열쇠를 트럭 안에 넣어 두고 차문을 잠갔지 뭐야. 그 트럭 창문을 부수고서야 겨우 결혼할 수 있었단다."

스툽 사장은 문을 두드리고, 열쇠를 몇 번 좌우로 움직였다. 마침내 자물쇠가 찰칵 잠겼다. 스툽 사장이 나를 보고 웃었다.

"선거 유세에서 그 이야기를 하지 않는 게 상책이야. 암하고 열쇠도 잘 다루지 못하는 사람은 유권자들한테 감당이 안 될 거야."

나는 웃었다.

"위층으로 올라가서 이제 잠 좀 자렴."

"감사합니다."

나는 이층으로 향했다.

"넌 괜찮은 웨이트리스야, 호프. 어떻게 하면 사람들과 소통할 수 있는지를 알아."

나는 웃음 지으며 돌아보았다.

사장이 할 수 있는 그보다 더 나은 칭찬은 없었다.

6

그라임스 스퀘어, AM: 08:00

나는 브레이버먼과 멀허니 고등학교 '정치 참여와 자유를 위한 학생회'라는 동아리 멤버 네 명과 함께 있었다. 강아지 얼굴형의 애덤 풀버가 동아리 회장이었다. 마치 국회의원 입후보자처럼 내 손을 꽉 움켜잡고 악수했다.

애덤은 추천인 서명지를 끼운 클립보드와 펜을 건네며 모두가 아는 규칙을 한번 더 확인했다.

이 마을에 유권자로 등록한 사람만 서명할 수 있다.

서명은 알아볼 수 있어야만 인정된다.

서명을 했든 안 했든, 아무리 멍청이와 얼간이일지라도 시간을 내어 준 사람들에게 고맙다며 인사한다.

브레이버먼은 땅콩 하나를 허공에 던지고는 입으로 받아 먹었다. 애덤은 샤프펜슬을 들어 올렸다.

"이 추천인 서명지에 잘못된 정보가 있거나, 유권자 등록을 하지 않은 사람이 서명을 했거나, 주소가 틀렸다면, 그 서명은 무효야. 그런 추천인이 많으면 후보가 될 수 없어. 그런 경우가 자주 있거든."

나는 애덤이 정말 열일곱 살이 맞는지 의심스러웠다.

많은 학생들이 더 와서 추천인 서명지를 가지고 갔다. 그 이유를 아는 데는 얼마 걸리지 않았다.

리온이 말했다.

"우리 아빠가 사고로 일을 쉬게 되었을 때, 스툽 사장님이 내게 식당에서 빈 그릇을 치우고 세팅하는 일을 하게 해 주었어."

질리언도 한마디 했다.

"우리 친척이 집세를 낼 수 없었을 때, 스툽 사장님이 빈방을 내주셨어."

브라이스도 거들었다.

"우리 엄마가 병원에 입원했을 때, 스툽 사장님이 우리 가족에게 주말마다 음식을 보내 주셨어."

애덤은 동아리 아이들에게 말했다.

"오늘 저기 밖에서 우리가 할 일은 쉽지 않을 거야. 그래도 우리가 옳다는 걸 기억해. 자, 이제 나가서 나라를 위해 뭔가를 하자."

애덤은 마치 산전수전 다 겪은 선거운동 전문가처럼 눈을 가늘게 뜨고, 태양을 보며 살짝 갈라지는 목소리로 말했다.

"쟤는 늘 저렇게 말하더라."

질리언이 내게 자그맣게 속삭였다.

나라를 위해 뭔가를 하는 건 말처럼 쉽지 않았다.
통통한 아이와 함께 있는 통통한 아주머니가 물었다.
"죽어 가는 사람과 사기꾼 중에서 시장을 뽑아야 하다니, 이
세상이 도대체 어떻게 돌아가는 거니?"
"그게⋯⋯."
내가 말하려고 했다.
통통한 아주머니가 이어 말했다.
"나는 스툽 씨를 25년 동안 알았단다. 좋은 사람인 것은 인정
해. 그렇다고 해서 경험도 없고 게다가 언제 죽을지 모를 백혈병
에 걸린 사람이 시장 후보가 될 자격은 없어."
아주머니 말에 일리는 있었다.
나는 주위를 필사적으로 돌아봤다. 브레이버먼이 내 뒤에서 듣
고 있었다.
도와줘, 나는 소리 내지 않고 입으로만 말했다.
브레이버먼이 나섰다.
"스툽 사장님은 교육위원회에서 일하셨어요. 우리 고등학교에
있는 위험한 계단을 고치게 도와주었어요. 사람들이 경제적인
어려움에 빠졌을 때 음식을 가져다주세요."
"그건 사실이야."

"스툽 사장님은 이 마을에 응급치료센터가 들어오도록 열심히 일했어요. 그래서 이제 사람들은 병원에 가려고 40킬로미터를 운전할 필요가 없어요."

브레이버먼이 통통한 아주머니한테 추천인 서명지를 내밀며 스툽 사장이 공식적으로 후보자에 오를 수 있도록 서명해 달라고 부탁했다.

아주머니의 아들이 추천인 서명지에 침을 뚝뚝 떨어뜨렸다. 아주머니가 서명을 했다.

"감사합니다. 후회하지 않으실 거예요."

브레이버먼은 추천인 서명지를 다리에 쓱 문질렀다.

"내 인생 하루하루가 후회란다, 얘들아."

아주머니는 터벅터벅 걸어갔다.

나는 브레이버먼의 성공에 용기를 얻어, 내 쪽으로 걸어오는 한 남자에게 다가갔다. 자신을 꼭 닮은 어린 남자아이의 손을 쥐고 있었다.

나는 치약 광고 웃음을 지었다.

"안녕하세요. 스툽 사장님의 시장 후보 등록을 위한 유권자 추천인 서명을 받기 위해서 왔는데요, 도와줄 수 있으신지……."

남자는 계속 걸어갔다.

"여기에 서명할지도 모르지, 스툽 씨가 될 가능성이 있다면……."

남자는 더 빠르게 발걸음을 움직였다. 아이는 아빠를 따라잡으려 뛰었다.

"나보고 그릴에서 버거를 뒤집는, 백혈병으로 반쯤 죽은 남자한테 표를 주라고? 빌어먹을, 아예 열대우림 속 황무지를 사라고 하지! 나한테."

발걸음을 붙잡아서 미안하지만, 아빠가 아들 앞에서 그런 식으로 행동해야 한다고 생각하지 않는다!

나는 그 남자가 모퉁이를 재빨리 도는 모습을 지켜보았다.

맹세하건대, 우리 아빠는 절대 저렇게 행동하지 않을 거다.

브레이버먼이 그림자를 드리우며, 내 앞에 서 있었다.

"자, 우리 함께 움직이자."

남은 오후 우리는 녹초가 되어갔다.

우리는 현관문들을 두드렸고, 일곱 집에서 문전박대를 당했다.

빽빽 울어 대는 젖먹이를 안고 있는 엄마는 우리에게 아이를 봐 주느냐고 물었다.

총을 든 한 남자는 자기 땅에서 썩 꺼지라고 으름장을 놓았다. 곧바로 우리는 시키는 대로 했다.

여자 세 명이 스툽 사장은 좋은 사람이지만, 자기들 남편은 그 유업의 일이 필요하다고 말했다.

그렇게나 다양한 말로 쫓아낼 수 있다니. 정말 놀라웠다.

하루 내내 지겹도록 들었다.

　습기가 더 힘들게 하는 듯했
다. 뜨거운 태양이 내리쬤다.
브레이버먼과 나는 그라임스
스퀘어를 걷고 있었다. 배가
고팠다. 뉴욕에서는 언제든 길
거리 가게에서 핫도그를 사 먹
을 수 있었다. 여기는 길거리
에서 파는 핫도그, 소시지, 케
밥, 스테이크 샌드위치 같은
음식이 전혀 없었다.
　'위스콘신 기프티크'
라는 가게에는 농장
동물 모양으로 만든
알록달록한 작은 사탕을 놓은
진열대가 있었다. 환상 속 나
라 먼치킨 랜드*에 털썩 주저
앉은 도로시가 된 기분이 들
었다.
　유제품 트럭 한 대가 몹시

_____

*《오즈의 마법사》에 나오는 환상의 나
라 소인국.

도 빨리 부르릉거리며 시끄럽게 지나갔다. 트럭 옆면에는 페인
트로 '이보다 더 신선한 우유는 없다. 젖소한테 물어봐'라고 적
혀 있었다.

나는 브레이버먼에게 물었다.

"저 악덕 기업은 뭐가 문제야?"

브레이버먼이 나뭇가지 하나를 휙 던졌다.

"그게 바로 이곳의 수수께끼야. 어떤 사람들은 저 회사가 밀스
턴의 선거운동에 돈을 댄다고 해. 그래서 밀스턴이 저 회사가 하
는 대로 내버려 두는 거지. 저 회사 사람들은 직원을 자기들 뜻
대로 움직이게 한대. 브라이스 아빠가 잠시 공장 관리자로 일했
는데, 상사가 브라이스 아빠한테 밀스턴 시장의 선거운동을 도
와줘야 한다고 그랬대."

"그래서 브라이스 아빠는 어떻게 했는데?"

"그만뒀어."

브레이버먼은 하얀 기둥이 있는 커다란 집으로 들어가는 기다
란 진입로에서 발걸음을 멈췄다.

"저게 시장의 새 집이야."

"와우."

나는 자동차 세 대가 들어가고도 남을 차고를 쳐다보았다. 길
에는 여린 상록수가 줄지어 서 있었다.

"지난해 시장이 이 집을 지었어. 자기 아내가 큰돈을 상속받았

다고 하더라고."

브레이버먼은 가슴에 한 손을 올려놓고 말했다.

"작은 마을의 시장이, 어떻게 이런 큰 집을 지을 수 있을까?"

"무슨 뜻이야?"

브레이버먼은 입을 굳게 다물었다.

"어쩌면 밀스턴이 거짓말을 하고 있는 거겠지."

"그 유제품 회사가 시장한테 그 돈을 준 것 같아?"

"내 생각에, 리얼 프레시 유업이 이 마을에서 원하는 건 뭐든지 하는 이유가 분명 있어. 크랜스턴 브룸이라는 사람이 그 회사 소유주인데, 수단이 대단해. 브룸하고 밀스턴은 굉장히 친해. 같이 골프도 치고, 바다낚시도 가지. 브룸의 회사 직원들이 철로 옆 공원을 청소해. 그 회사 트럭으로 학교에 공짜 우유를 배달해. 그러니까 사람들이 브룸을 그냥 내버려 두는 거야."

나는 부패한 회사가 만든 우유를 마시는 어린아이들을 생각했다. 열다섯 살에 글리슨 빌이 나에게 주말에 다이너의 문을 여는 모든 책임을 맡겼던 일을 생각했다. 우리 돈을 훔치기 바로 전 내 월급을 올려 주었던 일을 생각했다. 물론 그건 올려 줬던 월급을 다시 가져가는 그 놈의 방식이었다.

옛날에는 나쁜 놈들이 검은색 망토를 두르고 말을 타고 마을에 들어와서 구별하기가 훨씬 쉬웠을 거다. 그래서 착한 사람들이 소를 키우고 지킬 수 있었다. 곧장 사람들은 자신이 누구를 상대하는지 알아보았을 것이다.

지금은 모두가 비슷하게 옷을 입는다. 발전이 낳은 문제다.

브레이버먼이 요요로 놀라운 기술을 선보이고 있었다.

완벽하게 두 번 감아 '어라운드 더 월드*'를 해냈다.

내가 지금껏 본 최고로 오랫동안 이어진 '워크 더 독**' 기술도 멋졌다.

브레이버먼이 손목을 살짝 튕기자 주황색 요요가 손 안으로 잽싸게 돌아왔다.

"대단한데, 브레이버먼."

"아직 살짝 서툴러."

그게 서툴다고?

브레이버먼의 얼굴 근육은 바위를 깎아 놓은 것처럼 보였다. 내가 브레이버먼에게 남성 귀염성 점수를 잘못 매긴 것 같다. 나는 확실히 브레이버먼을 7.4로 올려놓을 거다.

나와 브레이버먼은 웰컴 스테어웨이즈 다이너 맞은편에 있었다. 스툽 사장은 다이너 앞 공원 벤치에 앉아 몇몇 나이 든 사람들과 이야기를 나누고 있었다.

---

*요요 기술 가운데 하나.

**요요 기술 가운데 하나.

나는 궁금해 물었다.

"스툽 사장님은 좀 어떤지 알아, 브레이버먼?"

주머니에 요요를 넣는다. 큰 한숨.

"사장님은 꽤 힘든 시간을 보냈어. 항암치료로 퍽 지쳤지. 치료하는 동안 사람들이랑 같이 있을 수 없었어. 사장님은 그걸 못 견뎌 했어. 위층에 처박혀서 우리가 잘하고 있는지 체크하려고 식당에 전화를 했어."

브레이버먼이 웃음을 지었다

"나는 턱에 전화기를 끼고, 요리하면서 다 잘되어 간다고 말했지. 잘 돌아가지 않는데도 말이야."

"네가 진짜 큰 도움이 되었네."

브레이버먼은 어깨를 으쓱해 보였다.

"그냥 내 일을 했을 뿐이야. 사장님은 병이 나아지고 있는지 결과를 기다리는 중이야."

"나아진다는 게 암이 없어진다는 뜻이야?"

"또는 잠깐 동안 나아지든가. 결과를 받아들이는 수밖에."

우리는 가까이 걸어갔다. 스툽 사장이 하는 말이 들렸다.

"언제 죽을지 모를 사람에게 왜 투표를 해야 하는지 알고 싶으세요? 왜냐하면 삶이 얼마나 달콤해질 수 있는지, 일분일초가 얼마나 대단한 축복인지, 시간이 있을 때 올바른 일을 말하고 행동하는 게 얼마나 중요한지, 짧은 심지를 지닌 채 살아가는 사람만큼 잘 이해하는 사람이 없으니까요."

한 할머니가 한마디 한마디를 집중해 듣고 있었다. 나는 기회
를 놓치지 않고 추천인 서명지를 내밀었다.

"유권자 등록하셨어요, 할머니?"

"난, 해리 트루먼(미국 제33대 대통령)이 취임한 이래 투표를 해
왔단다."

할머니는 서명을 하고는 옆에 앉은 다른 할머니에게 서명지를

건넸다. 어쩌면 링컨이 대통령에 취임한 뒤로 줄곧 투표를 해 왔을 것 같았다. 그렇게 세 명이 더 서명을 했다.

"감사합니다, 여러분."

스툽 사장이 자리에서 일어나 지친 듯 힘겹게 웃음을 지어 보였다. 그러고는 천천히 길을 건너 머리를 반짝이며, 그 웰컴 계단으로 올라갔다.

사람들은 치사했다. 추천인 서명지를 확인해 보니 확실히 드러났다.

어떤 사람은 이렇게 서명했다. '엘리너 루스벨트.'

어떤 사람은 이렇게 썼다. '지옥이 꽁꽁 얼어붙으면.'

어떤 서명은 도무지 읽을 수가 없었다.

나는 브레이버먼, 애덤과 함께 뒤쪽 테이블에 앉아서 선거관리위원회의 선거인 명부[*]와 비교해 가며 서명을 확인했다. 애덤은 오늘 서명을 가장 많이 받았다. 스툽 사장이 설립을 도왔던 응급치료센터에 가서 환자들에게 지지를 부탁했다. 그래서 애덤이 가지고 온 추천인 서명지에는 핏자국이 있었다. 애덤은 그 피가 싸움에 승리를 보탤 거라고 했다.

질리언과 브라이스가 다이너로 뛰어들어 왔다.

---

* 투표할 수 있는 유권자를 등록한 장부.

"우리는 A&P 슈퍼마켓에서 서명을 열두 명 받았어. 그런데 저 섬뜩한 놈이 계속 우리를 따라오잖아."

그러면서 브라이스는 초조하게 창문을 가리켰다. 웰컴 스테어웨이즈 다이너 앞에 검은색 장례식 영구차가 마치 다가올 어둠의 조짐처럼 주차했다.

운전사는 못된 똘마니처럼 생겼다. 그 남자는 우리가 여기 도착한 첫날 밤, 웰컴 스테어웨이즈 다이너에서 보았던 엘리 밀스턴 배지를 달고 있던 사람 가운데 하나였다.

루 엘렌은 쉬면서, 모든 단어를 검사하는 것처럼 〈드라마 다이제스트〉 잡지를 읽고 있다가 그 영구차를 내다보더니 말했다.

"우웩! 저걸 보면 섬뜩해져."

루 엘렌의 표정이 일그러졌다.

지금까지 루 엘렌에게서 내가 좋아할 만한 걸 하나도 찾을 수가 없었다.

브레이버먼이 급히 창문으로 다가갔다.

애덤이 뒤를 따랐다.

"난 죄수복을 하나 구할 수도 있어. 엘리 밀스턴을 졸졸 따라다녀서 그 사람이 그걸 얼마나 좋아하는지 보자고."

"너희 둘 자리에 앉아."

스툽 사장이었다.

"불량배들이 원하는 게 뭔지 알아? 못된 놈들은 우리가 화를 내기를 바라지. 저들은 그걸 먹고 살거든."

스툽 사장은 금전등록기에서 1달러 지폐를 꺼내서 세기 시작
했다.

브레이버먼은 주먹을 불끈 쥐었다.

스툽 사장은 무척이나 상냥한 얼굴로 우리를 보았다.

"오래전에 우리 어머니가 해 주신 얘기를 하나 들려줄게. 어머
니는 독실한 퀘이커교도였어. 날마다 하느님의 말씀에 귀를 기
울였지. 그 모든 단점에도 불구하고, 우리 자신과 이 세상을 사
랑해야 한다고 말씀하셨어. 아무리 힘들어도."

이런, 내가 치사한 퀘이커교도가 될까?

애덤은 바닥 타일을 물끄러미 내려다보며 말했다.

"이런 식으로는 우리가 이기지 못할 거예요, 사장님."

"그렇다면 이길 가치가 없는 거지."

스툽 사장은 금전등록기에 돈을 넣고 창밖을 내다보았다. 그
영구차가 모퉁이를 돌아서 또다시 오고 있었다.

7

밤이다.

마침내 나는 짐을 다 풀었다. 텅 빈 상자가 한 무더기 쌓였다. 상자는 다시 시작하는 걸 상징한다(이건 내 말이 아니다. 친구 해리슨이 했던 말이다).

내 방. 연한 노란색 벽지, 파란색 깔개, 창문과 창문 사이 모퉁이에 침대, 노란색 테두리가 둘러쳐진 오렌지색 퀼트 이불.

모든 게 이 방에 잘 들어맞는 것처럼 보였다.

나만 빼고.

언제쯤이면 이 새로운 장소에 마법이 찾아와 딱 적응을 하게 될까?

브루클린에서는 미리엄을 만났을 때 마법이 찾아왔다. 펜서콜라에서는 웨이트리스가 되었을 때다. 애틀랜타에서는 싸움을 그만두었을 때 마법이 찾아왔다.

방문에 걸려 있는 검은색 권투 글러브를 들여다보았다.

권투가 나를 구했다고 전적으로 말할 수는 없다.

열한 살 때 권투를 배웠다. 나는 권투가 그저 단순한 운동이라고 생각했다. 하지만 애디 이모는 생각이 달랐다. 이모에게 미키 카즈단이라는 경찰 친구가 있었다. 그 아저씨가 권투를 했다. 아저씨가 나를 권투 체육관에 데리고 가서 권투 동작을 보여 주었다.

상대방 주위에서 춤을 추듯 가볍게 발을 움직이는 법, 얼굴을 보호하고 잽싸게 잽을 날리는 법을 가르쳐 주었다. 나는 누구와도 싸우지 않았다. 그저 지칠 때까지 이리저리 흔들리는 샌드백에 주먹을 날렸다.

어느 날, 체육관에서 커다란 샌드백을 치고 있었다. 그때 내 안에 있던 깊은 감정이 분노와 솟구쳤다. 샌드백을 세게, 더 세게 치자 눈물이 얼굴을 타고 줄줄 흘러내렸다. 나는 오른쪽, 왼쪽을 퍽퍽 찌르며 주먹을 날려 댔다.

"당신, 그러지 말았어야지! 그러지 말았어야지!"

난 계속해서 말하고 있었다. 미키 아저씨가 내 옆에 서서 사람들한테 뒤로 물러서라고 말했다.

"밖으로 뻗어. 좀 더 세게 내리쳐. 끝까지 가는 거야."

나는 치고 때리고 고함쳤다. 코에 호스를 끼고, 가슴에 환자감시장치를 연결한 아기를 남겨 두고 떠난 엄마의 무정함에.

더 이상 내 안에서 주먹을 날릴 수 있는 힘이 사라지자, '쿵'

하고 바닥에 무너져 내렸다.

분노가 사라졌다.

그날 글러브를 벗어 내 방문에 매달아 두었다. 내 싸움의 날이 끝났다는 걸 기념하기 위해 거기에 그대로 두었다.

글리슨 빌이 사기를 치고 사라졌을 때, 나는 글러브를 다시 낄 뻔했다. 죽을 만큼 뭔가를 치고 싶었다.

창밖으로 어두운 거리를 내려다보았다. 스크랩북을 열고 글을 썼다.

사춘기 십대가 진짜 아빠를 찾는다. 이유 불문. 아무리 하찮아도 어떤 단서든 중요하다.

나는 스크랩북 마지막 부분, 아빠에 대한 자료를 보관해 둔 곳을 펼쳤다. 몇 년에 걸쳐 아빠처럼 보인다고 생각하는 잡지 속 남자 사진을 오렸다.

록 스타 헤어스타일이라든가 이상한 옷을 입은 남자는 아니다. 주로 웃음이 근사한 사업가였다. 사진 몇 개는 생명보험 광고에서 오려 냈는데, 아기를 품에 안고 절대 떠나지 않을 것처럼 보였다. 내가 열심히 살펴본 바로는, 성실함이야말로 아버지 자격에서 최고 덕목인 것 같다. 외식업계에 몸담고 있으면, 주말에는 언제든 최고와 최악의 부모를 볼 수 있다.

나는 머리카락을 부드럽게 뒤로 쓰다듬었다. 펠리컨 인형 '에드가'를 베개 위에 앉혔다.

판타지 속으로 들어간다.

음악이 커져 간다.

"아빠, 아빠한테 중요하게 할 이야기가 있어요."

아빠가 들여다보던 중요한 서류뭉치를 내려놓는 모습을 그려 본다. 아빠는 초록색 가죽 의자를 돌린다. 굵은 목소리가 상냥하다.

"그래, 호프. 아빠는 언제나 너를 위한 시간이 있단다."

"있잖아요, 아빠. 아빠는 세상을 모두 다녀 봤고 힘든 시기도 쉽게 이겨 냈잖아요. 아빠는 변화에 함부로 휘둘리는 그런 사람이 아니니까요. 그런데 나는 여기서 그걸 해내는 데 좀 문제가 있어요. 사람들이랑 뭘 하고 있지만, 내가 하고 싶어서 하는 거같지 않아요. 내가 위스콘신에 맞는다는 느낌이 가슴속 깊이 들지 않아요. 난 아빠처럼 대도시 타입이거든요."

나는 에드가를 들어 올려 꼭 안았다.

"아빠가 여기 없다는 사실이 견딜 수 없어요. 희망을 품으려 애를 쓰는데 어려워요. 그처럼 많은 책임감을 짊어지지 않는 이름으로 바꾸고 싶을 때가 있어요. 수전이나 루시 같은 거로요. 아빠가 지금 당장 내 인생에 조언을 해 줄 수 있는지, 나를 찾는데 시간이 얼마나 걸릴지 알려 주시면 고맙겠어요."

나는 자그맣게 째깍거리는 알람시계 소리에 귀를 기울이며 기다렸다.

이따금 이 놀이가 효과가 있을 때도 있고 그렇지 않을 때도 있다.

새벽 3시 14분.
여전히 잠들지 못한 채 감성에 젖어 있다.
동의어사전을 꺼냈다. 사전에는 같은 의미를 지닌 단어 목록이 있다. 나처럼 단어를 중요하게 생각하는 사람이라면, 동의어사전 없이는 살아갈 수가 없다. 예를 들어, '글리슨 빌은 도둑이다'라 는 문장을 이해하려 애쓰는 중이라고 하자. 동의어사전에서 '도 둑'이라는 단어를 찾아보면, 자신의 격앙된 감정을 이해하는 데 도움을 받을 수 있다.

글리슨 빌은……

강도다.

도적이다.

날강도다(난 이 단어가 마음에 든다).

절도범이다.

좀도둑이다.

사기꾼이다.

협잡꾼이다.

다음 섹션으로 넘어 갔다.

호프는······

신념이다.

신뢰다.

확신이다.

신조다.

믿음이다.

자신감이다.

보증이다.

나는 동의어사전을 안고 침대에 누워서 내 이름에 부끄럽지 않게 살기로 다짐했다.

날이 밝아 오자 몸이 다시 움츠러들었다. 새벽 5시에 일을 시작해야 했다. 아침식사 손님을 맞을 준비를 하려면 난 30분 먼저(나만의 포인트), 이모는 새벽 4시부터 빵을 굽기 시작한다. 이모를 따라잡을 수 없다는 걸 몇 년 전에 깨달았다. 브레이버먼은 오늘 아침 늦게 나오기로 되어 있었다.

그릴에 있던 커다란 존재가 없다. 난 브레이버먼이 좀 보고 싶어졌다.

사람들의 마음을 포근하게 감싸 주는 몇 가지 세팅을 한다. 반짝반짝 빛나는 커다란 커피머신에 커피를 근사하게 끓인다. 시럽 병에 달콤한 것을 채운다. 그런 다음 진격할 준비가 된 군인처럼 나란히 한 줄로 카운터 뒤 선반에 놓는다. 이렇게 하면 또 다른 하루를 맞설 용기가 생긴다.

6시에 문을 연다. 7시, 꽉 들어찼다.

몇 분 만에 카운터 자리에 손님이 다 찼다. 난 사람들이 자리에 앉는 모습을 지켜보는 게 좋다. 털썩 주저앉는 사람, 엉덩이를 쿵 내려놓는 사람, 미끄러지듯 앉는 사람, 빙그르르 돌아서 앉는 사람. 나는 몸을 이리저리 흔들며 자리에 앉는 사람이 좋다. 그런 사람은 의자 위에서 균형을 잡고 위아래로 몸을 움직인 다음 살며시 앉는다.

주방 창구에서 루 엘렌이 누군가에게 으르렁거리는 소리가 들렸다.

"난 이 일자리를 구하려고 젖먹이랑 같이 60킬로미터 넘게 운전해야 했다고. 저 호프는 여기에서 그냥 춤추듯 일하고 있어. 면접도 보지 않고. 자기가 주인인 것처럼……."

마치 이 일을 내가 선택이라도 한 것처럼 말했다.

나는 보란 듯이 활기차게 루 엘렌 앞으로 움직였다.

통로에 쭉 뻗어 있는 덩치 크고 건장한 건설 노동자 다리를 넘었다. 공공장소에서 어떻게 행동하는지 모르는 사람이 있다. 험딩어 다이너의 야간 근무 웨이트리스 다프네 크롤이라면 다리를 벌리고 있는 사람 앞에 죽은 듯이 멈추어서 말할 것이다.

"저기요, 통행료 받나요? 아니면 오늘 공짜인가요?"

다프네는 그렇게 할 수 있었다. 중년 나이에 덩치가 탱크만 했으니까. 하지만 열여섯 살이라면, 정말이지 다리를 그냥 넘고 간다.

카운터에서 애덤이 '시드'라는 삼촌에 대해 스툽 사장에게 이야기하고 있다. 시드 씨는 정치인의 스핀닥터* 즉 공보 담당으로, 지난 두 번 치른 선거에서 두 사람이 하원의원에 당선되는 데 도움을 주었단다.

"공보 담당이라……. 그러니까 사람들 이야기를 듣고 그걸 뭔가 다른 뜻으로 해석하는 녀석들을 말하는 거야? 그런 사람들은 내게 두통만 안겨 준다고."

플로가 훌륭한 웨이트리스가 그러듯 귀담아들으면서 그릇을 치우며 말했다.

애덤은 삼촌 시드 씨를 두둔하듯 대답했다.

"우리 삼촌은 천재예요. 최근에 삼촌이 도와줬던 후보는 여론 조사에서 35퍼센트 뒤져 있었어요. 그런데 시드 삼촌이 그 지역의 뜨거운 현안을 찾아내서 결국 그 후보가 이겼다고요."

---

*스핀닥터(spin doctor). 정치인이나 정부 부처 및 관료들의 공보와 홍보 전문가를 의미한다.

스툽 사장이 커피를 한 모금 마시고 물었다.

"현안이 뭐였는데?"

애덤의 얼굴이 공손해졌다.

"폐기물 처리요. 시드 삼촌이 내일 여기로 찾아올 거예요. 삼촌이 말하길, 사장님은 그동안 봐 온 선거운동 가운데 가장 흥미로운 후보래요. 삼촌이 사장님을 만나고 싶어 하세요."

스툽 사장은 웃음 지었지만 아무 말도 하지 않았다.

애덤이 목소리를 낮추었다.

"삼촌은 궤양을 치료하는 동안 우리랑 머무실 거예요."

플로가 불쑥 끼어들었다.

"사장님한테 공보 담당이 필요한 것 같지는 않아요."

"누구나 공보 담당은 필요해요."

애덤이 그렇게 마무리 지었다.

최고의 공보 담당, 시드 씨는 정확히 말해 궤양으로 고통받는 사람을 위한 음식이 아닌 농부를 위한 특별한 아침을 먹고 있다. 양파, 후추, 소시지가 들어간 으깬 달걀 세 개, 애디 이모의 삶을 바꾼 해시 브라운*, 한쪽에 진짜 메이플 시럽을 뿌린 메밀 빵 팬

---

*감자를 다지거나 잘게 썬 것을 기름에 튀긴 요리. 북미와 영국의 식당에서 주로 아침 식사로 이용한다.

케이크, 멜론 조각, 블랙커피. 시드 씨는 애덤처럼 둥근 아기 얼굴에 헤어스타일은 셀락을 바른 듯 멋있게 착 달라붙어 있었다.

시드 씨는 커다란 8인용 테이블에 애덤, 스툽 사장, 브라이스, 질리언, 스툽 사장의 머리를 깎아 주는 이발사 슬릭 빅스비 씨에게 둘러싸여 앉아 있었다. 35년 동안 머리를 잘랐다는 이발사 슬릭 빅스비 씨는 위스콘신의 멀허니를 누구보다 잘 알았다. 마치 위대한 사람과 평균 이하의 사람들 모두에게 가위를 휘둘러 본 것 같다.

나는 웨이트리스다. 사람들은 테이블에 의자를 끌어당기고 커피를 원한다. 나는 커피를 가져다준다. 그러고 나면 잉글리시 머핀이 당기게 된다. 다음은 오렌지 주스. 어쩌면 이모가 요리한 갈색 설탕 피칸 팬케이크 두툼한 한 조각. 그 팬케이크는 이 마을에서 슬슬 인기가 오르기 시작했다. 나는 모두의 멋진 삶을 위해 최선을 다하고 있지만, 내가 맡은 테이블이 하나만 있는 건 아니다.

홀 목사님이 웰컴 스테어웨이즈 다이너로 번갯불처럼 들이닥친다. 목사님은 들어오는 법을 안다. 스툽 사장이 목사님을 보고 손을 흔든다. 내가 커피를 가져다주자, 시드 씨는 알약 하나를 먹고 뒤로 몸을 기대며 머리 위로 팔을 들어 올린다.

"정치에서 승리하기 위해서는 명확한 비전이 필요합니다. 그걸 분명히 하세요. 누군가 스툽 씨에게 질문할 때마다 그 비전을 강조하세요. 질문이 뭐냐는 중요하지 않아요. 누가 묻는지도 중요하지 않아요. 그저 당신의 비전으로 곧장 뛰어드는 방법을 찾은 다음 벌처럼 잽싸게 쏘면 돼요."

스툽 사장과 이발사 슬릭 빅스비 씨는 서로 얼굴을 쳐다보았다. 홀 목사님은 우에보스 란체로스(프라이하거나 삶은 달걀을 토르티야에 얹고 토마토소스를 뿌리는 멕시코 요리)를 주문했다. 배짱이 있는 사람들이 그 음식을 주문한다. 난 모두에게 커피를 좀 더 따라 준다.

시드 씨가 설명한다.

"정치라는 엉망진창 게임은 기본적으로 신뢰가 바탕입니다. 냉소주의 시대에 리더십을 찾으세요. 백혈병이 먹힐 수 있어요. 그건 신선한 시각이죠. 사람들은 스툽 씨가 그들의 고통을 절감한다고 느낄 겁니다. 문제는 죽어 간다는 것이죠. 죽음은 언제나 문제인 것 같습니다."

시드 씨는 낄낄 웃음을 터뜨렸다.

"제 생각에 당신에게 최고의 한방은 선거판에서 살아남는 것입니다. 미스터 청렴결백이 되세요."

시드 씨는 스툽 사장의 반짝반짝 빛나는 머리를 쳐다보았다.

"우리가 빡빡이 요술쟁이 지니처럼 당신에게 귀걸이가 하나를 달아 줄 수도 있을 겁니다."

스툽 사장은 고개를 흔들어 가며 웃음을 터뜨렸다.

"어쩌면 좀 과한 표현일 수도 있겠지만. 말장난 하려는 게 아니에요. 엘리 밀스턴은 스툽 씨 때문에 큰 곤란에 빠졌습니다. 설령 사람들이 당신한테 표를 던지지는 않더라도, 동정심을 갖게 될 테니까요. 만약에 엘리 밀스턴이 당신 때문에 어려움을 겪는다면, 그 사람은 스스로 악마가 될 수도 있어요. 당신은 그걸 노려야 합니다. 하지만 이 신뢰가 바탕인 게임을 제대로 하는 법을 알아야 해요."

내 머리는 핑핑 돈다.

주방 창구로 급하게 걸어가 소리친다.

"우에보스 하나요!"

웨이트리스는 짧게 주문해서 시간을 절약한다. 브레이버먼은 뒤집개를 허공에 휙 던지며 고개를 끄덕인다. 나는 브루클린의 택시 운전사 모티 아저씨가 정치에 대해 이야기하던 방식이 그립다. 모티 아저씨는 카운터에 앉아 나이프를 사정없이 움직이고, 디너 롤빵을 찌르며, 정치인들이 평범한 사람을 잡는다고 소리쳤다.

유리는 기계처럼 테이블을 치우다가 나를 보고 웃으며 말한다.

"언젠가 나도 투표한다, 미국 사람으로."

"저도요."

유리는 주머니에서 《미국 시민권 취득》이라는 책을 꺼낸다.

그리고 그 책을 펼쳐서 자유라는 단어를 가리키며 감동해서 말한다.

"최고의 단어."

"최고죠."

나는 웃음 지으며 손님 둘에게 달걀에 곁들여 먹으라고 끔찍이 매운 블러스터메이어스 데스소스를 가져다준다.

커다란 테이블 옆으로 여자 세 명이 털썩 내려앉으며 여기 음식이 맛있다는 이야기를 들었다고 한다.

"잘 오셨어요."

시드 씨의 이야기가 들린다.

"정치는 전쟁이에요. 그걸 절대 잊지 마세요. 위대한 군사 전략가 나폴레옹의 말을 인용하자면, 이 선거운동을 성공시킬 최고는 '우리 편을 단합시키고, 어떤 경우에도 공격에 무너지지 않으며, 중요한 순간에 재빨리 상대방을 무찌르는 것'이에요. 이것이 바로 '승리를 가져다주는 원칙'이에요."

애덤이 열중하며 뭔가를 끼적인다.

여자 손님 셋은 탈지우유를 넣은 디카페인 커피, 갈색 설탕을 넣은 허브티, '휘는' 빨대를 꽂은 아이스티에 꿀은 따로 달라고 주문한다.

주문이 많다. 나는 주문을 받아 적으며 사소한 것도 놓치지 않으려고 노력한다.

이발사 슬릭 빅스비 씨가 말한다.

"문제는 이거예요, 시드. 사람들은 스툽 사장을 태평스러운 사람으로 여겨요. 강하게 나가는 게 스툽 사장 스타일은 아닌 것 같아요."

스툽 사장은 대답이 없다. 또다시 다이너 앞에 주차되어 있는 그 검은색 영구차를 창문 너머로 보고 있다.

시드 씨가 말한다.

"그건 오래된 방법입니다. 제 조언은, 시장의 약점을 찾아서 시장과 유권자들에게 강력한 시각적 신호를 보내는 것입니다."

애덤은 시드 씨의 말에 동의하면서 반쯤 자리에서 일어났다.

스툽 사장이 콧방귀를 뀌었다.

"우리 어머니라면 그리 좋아하지 않았을 겁니다."

"어머니들은 보통 정치에 관심이 없어요."

"우리 어머니는 달라요."

우에보스가 나왔다. 나는 창구로 후다닥 달려가 홀 목사님에게 음식을 내왔다. 목사님이 말한다.

"고마워요."

달걀에 곁들여 먹으라고 사탄의 레드핫 리벤지 소스 한 병을 가져다 드릴까?

네, 목사님.

스툽 사장은 말없이 일어나 문밖으로 나가서, 검은색 영구차로 곧장 걸어가 운전사와 악수를 나눈다. 웰컴 스테어웨이즈 다이너 안에 있던 모두가 자리에서 일어나 창밖을 보고 있다.

시드 씨가 속삭였다.

"이건 위험해요. 적을 만나다니."

스툽 사장은 영구차 문을 열고, 운전사에게 식당 안으로 들어오라는 손짓을 했다. 남자가 내켜하지 않고 무척 당황스러워했다. 보통 우리가 불량배들을 정면으로 마주하면 그런 반응을 보인다. 하지만 스툽 사장은 운전사의 팔을 친절하게 잡고 선홍색 웰컴 계단을 지나 다이너 안의 커다란 테이블로 곧장 이끌었다.

"자, 호프. 여기 친구에게 아침 식사로 뭐든 가져다줄래?"

그 남자는 정말로 배가 고프지 않다며 가야 한다고 말한다. 하지만 그 불량스러움을 뚫고 특별한 식사가 필요하다는 걸 확실히 느꼈다. 내가 말했다.

"홈메이드 콘비프 해시(소금으로 간을 해서 다진 소고기)와 달걀 프라이에 가염 버터를 바른 메이플 옥수수빵 한 조각이 어떨까요?"

이 불량배는 침을 꼴깍 삼켰다. 됐다. 남자는 고개를 끄덕이며 메뉴판을 내게 건넨다. 이 사람이 팁을 남길까 궁금했다. 하지만 이건 돈 문제가 아니다.

"커피 드릴까요, 주스 드릴까요?"

"커피."

남자는 긴장이 풀리고 있었다.

"네, 커피요."

나는 주방으로 부리나케 달려가 주문을 외친다.

해시와 달걀은 이미 지글지글 익고 있다.

"들었어."

이모가 대답한다.

음식 서비스를 대하는 우리의 달콤한 협업이다.

브레이버먼이 방울토마토를 높이 던지고는 입으로 낚아챈다.

내가 커피를 가져가니, 스톱 사장이 이야기하고 있다.

"죽음에 대해 내가 가장 싫은 것은, 우리가 할 수 있는 한 오래 죽음의 존재를 부정하는 거예요. 누구도 이 세상에서 얼마나 오래 살지 몰라요. 우리는 영구차가 우리를 실어 줄 준비를 마치고 저기 밖에서 기다리고 있는 것처럼 삶을 살아야 해요. 하루하루를 소중히 여기면서 살아야 한다고요. 그건 두려움 속에 산다는 뜻이 아니에요. 그렇다고 멍청한 토끼가 되어서 인생을 당연하게 받아들일 필요도 없어요. 이 모든 걸 되새기게 해 줘서 고마워요. 당신이 원하면 언제든 저 친근한 녀석을 데리고 와도 돼요."

남자는 시선을 내려 커피를 물끄러미 바라보고는 두 손으로 머그를 움켜잡았다. 식당의 몇몇 사람들이 박수갈채를 보냈다. 이어 점점 더 많은 사람이 박수를 치고 곧 모두가 박수를 쳤다. 12번 테이블로 이모가 만든 토마토와 채소 모닝 피자 네 개를 가져가고 있지 않았다면, 나도 박수를 쳤을 것이다. 나는 고개를 뒤로 젖히고 소리쳤다.

"맞아요!"

시드 씨가 환호를 지지하며 스툽 사장에게 엄지손가락을 치켜 올린다. 애덤이 스툽 사장을 위해 추천인 서명지에 서명하고 싶다면 금전등록기 옆에 있다고 소리쳤다. 사람들이 우르르 서명하러 몰려갔다.

이모가 종을 두 번 울린다. 내 음식이다. 나는 주방 창구로 쓱 달려가서 한 인간이 아침에 바랄 수 있는 모든 것이 담긴, 그 불량배를 위한 뜨끈뜨끈한 요리를 가져온다. 그 남자 앞에 친절하게 접시를 놓고 조용히 물러난다.

그리고 이따금 떨어져서, 음식이 제 할 일을 하게 내버려 둔다.

8

공보 담당을 두느냐, 마느냐!

그것이 문제로다.

시드 씨만 빼고 모두가 그 커다란 테이블에 모여 있었다.

이발사 슬릭 빅스비 씨가 버럭 소리치며 말했다.

"이 선거운동에는 공보 담당은 필요하지 않아요."

홀 목사님이 몸을 앞으로 기울였다.

"난 그렇게 생각하지 않아요. 우리 중에 몇이나 정치를 알지?"

손을 드는 사람이 아무도 없었다.

"우리 중에 몇이나 선거에서 이기는 방법을 알고 있나?"

"우리는 공보 담당을 둘 돈이 없어요!"

슬릭 빅스비 씨가 여전히 반대했다.

스툽 사장은 커피를 한 모금 마시고는 말했다.

"시드 씨는 우리 여건을 고려해서 비용을 대폭 낮춰 주겠다고
했어요."

스툽 사장이 갑자기 나를 보고 물었다.

"어떻게 생각하니, 호프?"

아뿔싸, 난 질문에 깜짝 놀랐다. 그렇지만 그저 어깨만 으쓱하지 않을 정도로 웬만큼은 알고 있었다. 어른들은 십대들이 어깨를 으쓱하면 싫어한다.

"제 생각에 그건 영리하고도 까다로운 요리사와 일하는 거 같아요. 마법을 얻으려면 많은 걸 견뎌 내야 해요."

스툽 사장은 테이블을 탁 내리치고는 내 말이 정확히 옳다고 했다.

홀 목사님이 소리쳤다.

"자네, 이 젊은 아가씨에게 충분히 돈을 주고 있나?"

나는 과장되게 웃어 보였다. 왜냐하면 난 항상 돈을 좀 더 많이 쓸 준비가 되어 있으니까.

"여기요, 주문할게요."

앞쪽 창가 테이블에서 어떤 여자가 냅킨을 흔들어, 나의 햇빛 찬란한 순간을 싹둑 잘라 버렸다.

닷새가 지났다. 이상한 날들이었다.

우리는 유권자 227명의 서명을 받아 제출하고, 스툽 사장이 시장 후보로 등록되었다는 선거관리위원회의 공식 통보를 기다리고 있었다. 하지만 시드 씨가 말했듯, 정치에서는 결코 멈춤이란 없다. 반대편이 우리의 지갑을 훔치려 호시탐탐 노리고 있으니, 항상 앞으로 새롭게 선거운동을 개척해 나가면서, 뒤를 살펴봐야 했다:

정치가 마을을 휘어잡았다.

모두가 스툽 사장, 정직, 백혈병 그리고 세무서가 왜 갑작스레 문을 닫았는지 의견이 분분했다.

브레이버먼이 소리쳤다.

"리얼 프레시 유업의 세금 기록에 뭔가 꿍꿍이짓을 하고 있는 게 분명해."

카운터 일은, 사람들이 서로 소리치며 자기주장을 굽히지 않는 격렬한 TV쇼의 진행자 노릇과 비슷하다.

감정이 주방을 휘어잡았다. 정치는 아니었다. 애디 이모는 버터스카치 크림 파이하고 양념에 재운 플랭크 스테이크를 내놓으며 환호를 받았다.

이모는 주방에서 완벽함으로 장악하면서, 그 과정에서 브레이버먼을 단련시키고 있었다.

"이런! 닭고기를 손질할 때는 뼈를 깔끔하게 잘라 내야 해. 설마 뼛조각이 들어간 음식을 원하지는 않겠지?"

"네, 그래요."

브레이버먼이 생닭을 내려다보며 말했다.

"닭고기는 신이 주신 선물이야. 하지만 제대로 준비했을 때만 그렇지. 잘못 준비하면 누구에게도 선물이 아니야."

브레이버먼은 진지하게 고개를 끄덕였다.

이모가 소리쳤다.

"미트로프도 함부로 다루어서는 안 돼. 토마토주스랑 오트밀을 같이 팬 안에 밀어 넣지 마. 조심스럽게 틀에 넣어 만들어야해. 양파, 양념, 소스랑 잘 버무려 덩어리 한 개 모양으로 만드는데, 빵틀에는 절대로 넣지 마. 바비큐 소스를 듬뿍 발라. 그러면 익으면서 고기가 먹음직스러운 갈색이 되지."

브레이버먼이 제대로 된 미트로프를 만들기 위해 많은 시간을 보내지 않았던 게 분명했다.

나는 두 사람을 내버려 두고, 좀 쉬려고 밖으로 나왔다.

마당에 있는 벤치에 앉았다. 태양이 줄지어 선 나무에 웃음 짓고, 돌길이 나무 사이로 굽이쳤다. 지나친 것 없이 주위와 자연스럽게 어울렸다. 스툽 사장이 커다란 나무 뒤에서 걸어 나왔다.

"저기 뒤쪽은 가 보았니?"

나는 고개를 저었다.

"저런, 어서 이리 와서 내 추억을 만나려무나."

나는 따라갔다. 스툽 사장은 제일 큰 나무에서 시들어 버린 나뭇잎 몇 장을 떼어 냈다.

"내가 25년 전 결혼했을 때 이 떡갈나무를 심었단다. 호프 너도 내 아내를 좋아했을 거야. 아내 그레이시는 너처럼 다부졌어."

난 웃음 지었다. 다부진 사람.

스툽 사장은 분홍색 꽃이 거의 다 떨어져 나간 좀 더 작은 나무로 걸어갔다.

"이 층층나무는 4년 전 아내가 죽었을 때 심었단다."

나는 크게 숨을 몰아쉬었다.

"그랬군요."

스툽 사장은 땅바닥에서 분홍색 꽃 하나를 집어 들었다.

"아내는 위층 침대랑 소파에서 식당을 관리했단다. 책을 읽고, 메뉴를 생각해 냈어. 몇 년 동안 류머티즘을 앓았어. 하지만 병도 아내의 의지를 막지 못했지."

스툽 사장은 계속 걸었다.

"저 하얀색 자작나무는 우리 부모님이 소유한 식료품점 세 곳을 위한 거야. 우리 가족은 언제나 먹을거리가 필요한 사람들에게 음식을 나눠 주느라 빈털터리나 마찬가지였어. 이 단풍나무는 홀 목사가 교회를 열었던 8년 전에 여기에 왔지."

단풍나무에는 빨간색 예쁜 나뭇잎이 달려 있었다.

"사장님은 좋은 분인 게 틀림없어요."

스툽 사장은 나무껍질에 손을 탁 내려놓았다.

"내가 스테이크를 너무 익혀도 홀 목사는 나를 떠나지 않아. 홀 목사 설교가 너무 길어도 나는 홀 목사를 떠나지 않지."

스툽 사장은 껄껄 웃으며 무릎을 굽히고 앉아 땅바닥에서 흙을

한 움큼 퍼 올려서는 손가락 사이
로 흘려보냈다.

　나는 그곳에 서서, 스툽 사장이
백혈병을 이길까 아니면 백혈병이
사장님을 이길까 궁금했다.

　"내가 왜 나무를 심는지 아니?"

　"아니요."

　"내가 죽은 뒤에도 여
기에 오랫동안 내가 심
은 나무가 있을 거라고
생각하면 좋아. 소중했
던 추억들을 하늘로 밀
어 올리며……."

디저트 진열대 위, 방문, 덧창문에 '호프가 여기에 있었다'를 적었던 그 모든 때를 떠올렸다.

산들바람이 살랑살랑 불어와 나뭇잎을 뒤흔들었다.

"가능하면 사장님이 여기에서 오랫동안 머무시면 좋겠어요."

스툽 사장은 함박웃음을 지었다. 얼굴 가득 그렇게 웃는 사람이다.

그때 뒷문이 삐거덕 열리고, 애덤이 스툽 사장과 나를 보고 완전 비탄에 빠져 털썩 주저앉았다.

스툽 사장이 자리에서 일어났다.

"무슨 일이야?"

애덤이 상심한 듯 고개를 내저었다.

"선거관리위원회에서 우리가 받은 서명에서 쉰다섯 명 이름이 잘못됐대요. 사장님이 후보자 명단에서 빠졌대요."

"뭐라고?"

나는 후다닥 뛰어갔다.

애덤은 거의 눈물을 터뜨릴 것 같았다.

"어떻게 그럴 수 있는지 이해가 안 돼요. 우리가 이름을 전부 세 번이나 확인했다고요."

스툽 사장은 카운터에 조용히 앉아서 커피가 가득 든 잔을 물끄러미 들여다보고 있었다.

애덤은 자기가 엉망으로 했을 리가 없다고 계속 투덜거리고 있었다.

이모는 걱정스럽게 주방에서 밖을 내다보았다.

유리는 설거지통을 침통하게 들여다보며 말했다.

"우리는 모두 슬퍼."

브레이버먼은 밀워키 양조장 모자를 바닥에 탁 던졌다.

"밀스턴이 선거관리위원회에 손을 쓴 게 분명해!"

시드 씨는 모두가 한마디씩 내뱉는 소리를 들으며, 구운 피칸 빵을 먹고 있었다. 나는 그게 퍽 놀라웠다. 시드 씨는 궤양 약 하나를 꺼내 블랙커피와 삼켰다.

"첫 번째 레슨. 문이 닫혔다고 멈추지 마라. 내가 내일 아침 선거관리위원회에 이의를 제기할게요. 그게 유일한 방법입니다."

브레이버먼과 나는 오늘 밤에도 일을 해야 했다. 나는 이러쿵저러쿵 따질 기분이 아니었다. 루 엘렌도 일을 하고 있었다. 조릿조릿 스케이트를 타는 것 같았다.

루 엘렌은 일주일쯤 잠을 자지 않은 것처럼 보였다. 창백한 얼굴이 일그러졌다. 손을 떨었다. 저녁에 네 번째 콜라를 꿀꺽꿀꺽 마셨다.

"괜찮으세요?"

내가 물었다.

루 엘렌의 눈동자는 거의 풀린 듯했다.

"아니."

루 엘렌이 울음을 터뜨렸다.

"쉬고 싶으세요?"

"아니."

루 엘렌은 더 크게 울었다.

"좀 쉬는 게 좋을 것 같아요."

주방 창구에서 종이 울리고, 브레이버먼이 말했다.

"플랭크 스테이크 나왔어."

"저거 내 주문이에요, 루 엘렌. 다시 올게요."

"우리 애가 아파, 호프."

나는 걸음을 멈추었다.

"아, 그렇군요."

"제대로 먹지도 않아. 의사가 그러는데 나이보다 체중도 적대. 14개월이야. 혼자 앉을 나이인데, 앉지도 못해."

"아……."

다시 종이 울린다.

잠깐만 브레이버먼.

"우리 엄마는, 내가 임신했을 때 분명 뭘 잘못했을 거래. 근데 난 의사가 하라는 대로 다 했단 말이야. 하느님한테 맹세해!"

"믿어요."

주방에서 종소리가 요란하게 두 번 울린다.

나는 루 엘렌을 카운터로 데려가 자리에 앉힌다. 주방 창구로 후다닥 달려간다. 플랭크 스테이크를 움켜잡는다.

브레이버먼이 소리친다.

"주문 받는 것보다 더 잘하는 거 있어?"

난 아무 말도 하지 않았다. 난 프로다. 스스로에게 상기시켰다. 요리사는 하루 종일 꽉 막힌 뜨거운 공간에서 일하고, 이것이 신경을 날카롭게 한다는 사실을.

루 엘렌이 디저트 진열대 옆에서 무너져 우는 동안, 나는 플랭크 스테이크를 서빙했다. 루 엘렌에게 그런 어려움이 있으리라고는 전혀 생각하지 못했다.

그때 정문이 열리고 떠들썩한 남자들이 웃어 대면서 안으로 쏟아져 들어왔다. 남자들은 엘크스 자선보호회에서 왔다면서 배가 고프다고 떠들어 댔다.

그 사람들은 창가 쪽 테이블 여덟 개를 차지했다.

잠시 뒤, 나는 잡초 속에 깊이 빠졌다.

나는 4단 기어를 넣는다.

신경이 잔뜩 예민해진 루 엘렌을 부리나케 지나치며, 금방 오겠다고 말한다. 모두에게 메뉴판을 건넨다. 그 떠들썩한 남자들한테 한 번에 하나씩, 차례로 가져다주겠다고 차분하게 설명한다.

"이 엘크 떼는 어디 안 간답니다, 아가씨."

나이 많은 엘크가 말한다. 그러자 다른 사람들이 웃음을 터뜨렸다. 나도 따라 웃었다. 속으로는 죽을 지경인데도 말이다.

나는 도망치듯 빠져나와 루 엘렌에게 허둥지둥 다가간다.

루가 말한다.

"너무 힘들어서 일을 못하겠어, 호프. 너를 골탕 먹이려는 게 아니야. 난 정말 모르겠어⋯⋯."

루 엘렌은 다시 울음을 터뜨렸다.

나는 루 엘렌의 손을 잡고 말했다.

"집으로 가요."

내 머리는 아픈 아기와 선거관리위원회로 핑핑 돌고 있다. 엘크 손님 여섯 명이 더 들어와 모퉁이 테이블을 차지한다. 엘크 떼가 점점 늘어나고 있다.

나는 주방으로 달려가 브레이버먼을 보고 손가락을 들었다.

"저기 밖에 굶주린 엘크 손님 마흔 명이 있는데, 언제든 주문이 우르르 몰려갈 수도 있어. 나 열받게 하지 마, 브레이버먼."

"전부 다 뿔이 달렸어?"

"전부 다 메뉴판을 들고 있어. 준비해."

브레이버먼은 행동에 돌입한다.

내가 소리친다.

"유리 아저씨, 나 잡초 속에 깊이 빠졌어요!"

유리는 허둥지둥 비품창고에서 당황한 얼굴로 나왔다.

"설명해…… 줘, ……잡초."

"러시아에서처럼 줄을 섰어요."

"나, 너 도와준다!"

나는 주방에서 튀어나가서 웨이트리스 전사처럼 저 못된 농담에 웃어주며, 테이블 옆에 선다.

전구를 갈려면 엘크 몇 마리가 필요할까?

한 마리도 필요 없다. 엘크는 어둠 속에서도 볼 수 있으니까.

엘크 떼에게 내 진주 같은 하얀 이를 빛내자, 엘크들이 웃어 보인다.

외식업계에서 버텨 내려면 동물 먹이는 법도 아는 게 좋다.

"어서 오세요, 손님. 어디…… 멀리에서 왔나요?"

유리가 물과 집기를 들고 서둘러 온다.

"길 건너에서."

우두머리 엘크가 대답한다.

전에 굶주린 짐승 떼를 대한 적이 있다. 같은 음식을 주문한다면, 나하고 브레이버먼이 훨씬 편해질 거다.

"맛있는 폭찹 샌드위치하고 미트로프 스페셜 드셔 보셨어요? 동부에서는 꽤 유명하죠."

그게 먹혔다. 고기를 좋아하는 인간들이 재빨리 주문한다.

폭찹 열네 개, 미트로프 스물한 개, 스페셜 버거 여섯 개, 칠리 일곱 그릇.

그리고 언제나 멍청한 인간이 하나 있기 마련이다.

그 사람은 뻗대는 태도에 덩치도 컸다.

"내 거 빨리 줘."

남자는 시계를 들여다보며 주문했다. 눈도 마주치지 않고.

"뭐 주문하셨지요, 손님?"

"말했잖아."

난 숨을 깊이 들이쉰다. 방금 주문 마흔여 개를 받았다.

"살짝 힌트를 주셔야 할 것 같은데요."

"P로 시작해."

돼지 같은 놈.

나는 성질을 죽이며 말한다.

"폭찹이겠네요, 손님."

난 대답을 기다리지 않았다. 그게 그 손님이 받을 음식이다.

주방으로 달려가서 주문을 외친다.

"그리고 진상 폭탄한테 돼지고기 하나 날려."

"그렇지 않아도 여기도 미치겠거든."

브레이버먼이 기계처럼 움직이며 소리쳤다.

샐러드를 내오고, 바구니에 빵을 건넨다. 계속 집중하며 웃음을 잃지 않는다. 테이블마다 모두 떠들고 있다. 나는 엄마가 가르쳐 준 대로 경쾌하게 식당을 돌아다닌다.

"커피 몇 잔 드릴까요?"

손이 파도처럼 올라온다.

"커피 더 가지고 올게요. 카페인이 가장 절실하신 분은 손을 좀 더 높이 들어 주시겠어요?"

웃음이 터져 나온다.

나는 웃음을 띠며 커피를 따른다. 진상 폭탄한테 폭찹 샌드위치를 하나 가져다준다. 진상은 고맙다는 말도 않는다.

땡. 땡.

왼쪽 팔에 접시 여섯 개를 쌓는다. 주방에서 다시, 또다시 오간다.

"다들 좋은 시간 보내고 계신가요?"

내가 큰 소리로 묻는다.

그럼, 물론이지!

"커피 더 드릴까요?"

그럼.

나는 잽싸게 움직인다.

난 언제나 그런다.

브레이버먼도 한 번도 망치지 않았다. 유리는 올해의 '버스맨'에 등극했다.

마침내 엘크 떼가 떠났다. 나는 두둑한 팁을 집어 들고, 옛날 서부 개척시대의 여인처럼 손을 흔든다.

유리에게 팁을 넉넉하게 나눠 준다. 웨이트리스는 언제나 교대가 끝나면 '버스맨'에게 팁을 준다.

나는 테이블과 카운터를 닦고, 케첩과 머스터드를 채워 넣는다. 커피 주전자를 닦아 낸다. 주방으로 돌아간다.

브레이버먼이 양파를 다지고 있다. 촛불을 켜 놓아서 도마 옆에 기괴한 그림자가 드리워 있다. 큼지막한 손이 이모 손에 견주면 천천히 움직인다. 브레이버먼은 아무 말도 하지 않는다. 나도 아무 말 하지 않는다. 이 애가 어디 사는지, 대학에 안 가는 게 어떤 느낌인지 궁금했다.

브레이버먼은 양파를 보며 말했다.

"오늘 아주 잘했어, 호프."

"너도."

탁, 탁, 탁.

"저기, 아까는 미안해. 너한테 플랭크 스테이크 때문에 소리쳐서."

나는 한번도 요리사가 사과하는 걸 본 적이 없었다.

"괜찮아, 브레이버먼. 힘든 날이었잖아."

"너 피곤해 보인다. 내가 문 잠글게."

난 눈을 뜨고 있기가 너무 힘들었다.

"그래!"

9

선거관리위원회, 오전 9시.

우리는 선거관리위원회를 찾아갔다. 스툽 사장, 브레이버먼, 애덤, 시드 씨, 브라이스, 질리언, 홀 목사님 그리고 나였다. 모두 빨간색과 파란색 배지 '스툽을 시장으로'를 달았는데, 글귀가 살짝 중심에서 벗어나 있었다.

애덤은 생일에 받은 배지 기계로 이 배지를 밤늦게까지 만들었다. 글귀가 중심에서 벗어난 걸 알았지만, 애덤은 아무런 말도 듣고 싶어 하지 않았다. 우리는 티셔츠, 자동차 범퍼에 붙일 스티커나 다른 세련된 **홍보물 없이** 선거운동을 하고 있으니까. 그러니 배지만으로도 고마워하는 게 낫다.

나는 밝은 표정을 지으려 애썼다. 선거관리위원회의 여자 담당관은 배지를 쓱 지나쳐 보고는, 웃음기를 거두었다.

시드 씨가 담당관에게 주지사를 잘 안다고 말했다.

애덤은 봄 방학 동안 바로 이 사무실에서 인턴을 해서 마치 집에 돌아온 거 같다고 말했다.

담당관은 문제가 있는 쉰다섯 사람의 이름을 우리한테 보여 주었다. 전부 주소가 틀렸다!

브레이버먼이 두 손을 번쩍 들어 올렸다.

"말도 안 돼."

스툽 사장이 담당관에게 이런 일이 왜 일어나느냐고 물어보았다.

"경험 부족이죠."

담당관이 큰 소리로 말했다. 그러자 애덤과 시드 씨 얼굴이 검붉어졌다.

스툽 사장이 이어 물었다.

"혹시 다른 문제는 없나요? 선거관리위원회의 선거인 명부에 오류가 있지 않을까요? 이런저런 오류 말이에요?"

"아니요."

담당관이 딱 잘라 말했다.

"확실히 그런 일은 흔히 일어나죠."

시드 씨가 말했다.

"여기서는 아니에요."

담당관이 날카롭게 말했다.

스툽 사장이 앞으로 나섰다.

"가능한지 모르겠습니다만, 저는 선거관리위원회가 우리에게 시간을 더 줄 수 있는지 요청하러 왔어요. 약속할 수 있어요, 그러면…….”

담당관은 책상 위 서류를 만지작거렸다.

“그렇게 할 수 없어요, 스툽 씨. 규칙은 규칙이에요.”

스툽 사장은 고개를 푹 떨구며 말했다.

“이야기 들어 주셔서 감사합니다.”

끝났다.

우리는 그대로 얼어붙은 채 서 있었다.

그때 홀 목사님이 담당관을 보고 웃으며 기운 넘치게도 씩씩하게 나섰다. 그러고는 물었다.

“제가 주님의 어떤 점을 사랑하는지 아세요?”

깜짝 놀란 담당관이 고개를 저었다.

홀 목사님은 활짝 웃었다.

“주님의 자비는 아침마다 새롭기 때문이지요. 주님은 언제나 두 번째 기회를 주신답니다.”

담당관이 의자에 앉아 안절부절못했다.

“언제나.”

홀 목사님은 그 여인을 똑바로 가리키며 이어 말했다.

“우리 불완전한 존재가 또다시 엉망으로 만들고, 다가올 몇 년 동안 **후회할** 짓을 할지라도 말입니다. 주님은 우리의 부족함을 이해하고, 용서의 손을 내밀고 말씀하십니다. ‘네가 가는 길을 바꾸도록 내가 도와주마.'"

목사님은 앞으로 몸을 기울이고는 손바닥을 짝 부딪쳤다.

"자비입니다. 지금 전능하신 주님이 이곳을 내려다보시고는 가장 좋은 길로 인도하는 우리의 모습을 보시면 좋아하지 않으실까요? 그것이 당신을 할렐루야 소리치고 싶게 만들지 않을까요?"

"할렐루야."

브레이버먼과 애덤이 거들었다.

선거관리위원회 담당관은 자기 목걸이를 움켜잡았다.

"저는, 제 생각에…… 제가…….."

담당관은 잠깐 주저했다.

홀 목사님이 그 여자를 도와주었다.

"재고할 수 있다."

"제가…… 흠, 오늘 다섯 시까지…… 시간을 드릴 수 있어요."

좋았어!

"주님께서 은총을 내리실 겁니다! 주님의 일을 하셔서 기분이 좋지 않습니까?"

홀 목사님은 그 여인의 오동통한 손을 잡고 악수를 나누었다.

우리는 담당관의 대답을 기다리지 않았다. 다시 주어진 엄청난 기회에 같은 배지를 달고 있으면서도 불일치를 보이며 우당탕탕 서로 걸려 넘어지면서 곧장 문을 박차고 나왔다.

시드 씨가 소리쳤다.

"서명을 가급적 많이 받아요. 그리고 선거인 명부와 일일이 대조해 모두 확인하고. 무슨 수를 쓰더라도 이 고비를 잘 넘겨야 해요."

그러고는 홀 목사님을 보았다.

"목사님, 설득하는 법을 좀 아시네요."

홀 목사님은 챙 넓은 밀짚모자를 삐딱하게 쓰며 웃음 지었다.

우리는 탈주범을 찾으려는 형사처럼 후다닥 흩어졌다.

농산물 직판장. 사람들로 북적거렸다. 나는 이모와 함께 있었다. 이모는 스툽 사장의 선거관리위원회에서 벌어진 어이없는 상황에 열변을 토해 냈다. 그러면서 적당한 토마토와 중요한 마늘을 찾아서 마을 농부들을 구슬렸다.

한 시간이 지나 부보안관 브렌다 밥콕의 서명을 하나 받았지만, 서명 하나로는 그다지 도움이 되지 않을 것이다. 다른 마을에서도 사람들이 와서, 투표할 수 없는 사람이 너무 많았다. 나는 새로 온 사람들에게 말을 걸려고 주차장으로 걸어갔다.

젊은 남자 두 명이 내 쪽으로 발을 질질 끌며 왔다. 투표할 나이는 된 것 같았지만, 불쾌한 냄새가 났다. 둘은 서로를 쿡쿡 찌르며 과장되게 웃어 댔다. 나는 피해 가려고 했다.

너무 늦었다.

한 남자가 말했다.

"이런, 저 여자아이가 우리를 싫어하네."

한 남자가 내 앞으로 달려오고 다른 남자가 내 뒤에 섰다.

둘은 나를 아래위로 훑어보았다.

"그런데 우리는 이 애가 좋단 말이야."

키 큰 사내가 바짝 다가왔다.

"남자친구 있어?"

나는 한 손을 번쩍 들어 올렸다.

"저리 가요."

둘이 내 앞을 가로막았다. 나는 지나치려 했지만 그럴 수가 없었다. 주위에 다른 사람은 보이지 않았다.

"내가 네 남자친구가 되고 싶은데."

둘의 음흉한 얼굴이 역겨웠다. 한 사람은 내 추천인 서명지를 움켜잡고, 다른 사람은 내 스툽 배지를 가리키고는 멍청한 짓을 하고 있다고 했다. 나는 물러서라고, 스툽 사장님은 좋은 사람이라고 말했다. 키 큰 남자가 내 팔을 잡더니 자기 쪽으로 확 끌어당겼다. 덜컥 겁이 났다. 권투에서 배웠던 대로 몸을 낮게 숙이고 소리쳤다.

"도와줘요! 도와주세요!"

"너 이러는 이유가 뭐야?"

고약한 입 냄새가 확 끼쳤다.

밥콕 부보안관이 달려오는 게 보였다. 이모도 그 뒤에 바짝 따라왔다.

그렇게 된 거다.

"여기 무슨 일이지?"

밥콕 부보안관이 소리쳤다.

"아무 일도 없어요."

한 놈이 추천인 서명지를 땅바닥에 떨어뜨리며 말했다. 이가 얼룩덜룩했다.

나는 풀려났다.

"저 두 사람이 나를 못 지나가게 했어요. 내 서명지를 빼앗았어요."

나는 키 큰 남자를 가리키며 말했다.

"저 사람이 내 팔을 움켜잡았어요."

밥콕 부보안관이 총에 손을 가져다 대고 두 사람을 노려보았다.

"아무 일도 없는 게 아닌데……."

키 큰 남자가 중얼거렸다.

"뭐야, 당신은 이 지역 출신이 아니잖아요, 아줌마."

남자는 말할 때 밥콕 부보안관과 시선을 마주치지 않았다. 목소리에 무시가 담겨 있었다.

한 놈은 멍청이에 한 놈은 인종차별주의자. 유유상종이라더니.

밥콕 부보안관은 물러서지 않았다.

"맞아. 나는 대도시 출신이지. 거기서는 이런 짓을 희롱이라고 불러."

그러고는 내게 물었다.

"괜찮니?"

"네."

나는 떨고 있었다.

"진술은 나중에 듣도록 할게."

밥콕 부보안관은 권총집에서 총을 꺼내, 두 사람한테 경찰차 쪽으로 가라고 손짓했다.

"너희들은 묵비권을 행사할 권리가 있어."

텔레비전에서 말고는 그렇게 말하는 사람을 본 적이 없었다.

"우린 아무 짓도 안 했어!"

"어련하시겠어."

밥콕 부보안관은 저 밑바닥 인생 둘을 앞으로 몰면서 둘의 권리를 말해 주었다.

이제 이모가 내 옆에 있었다.

"너 괜찮아?"

나는 떨리는 손으로 추천인 서명지를 집어 들었다.

"괜찮아."

"맙소사, 난 작은 마을은 안전한 줄 알았어."

농부 한 명이 우리에게 다가왔다.

"나쁜 놈들이에요. 카빈저 집안 사람들 모두. 아들이 다섯인데, 변두리에 살아요. 가까이 지내지 마세요."

나 역시 그렇게 하는 게 삶의 목표에서 하나다.

한 할머니가 내게 천천히 다가와 긴 줄기가 달린 예쁜 오렌지
색 꽃 한 송이를 건네주며 말했다. 쉰 목소리가 굵었다.

"난 마비스 페티본이란다. 스톱 씨는 자기가 어떤 일을 당할지
잘 알고 있겠지만, 넌 잘 모르는 것 같구나. 이 원추리를 물에 담
가 햇볕 잘 드는 곳에 두고 어떻게 되는지 보렴. 스톱 씨 선거운
동을 돕기 위해 네가 무엇을 하든, 무슨 일이 일어나든 얘야, 햇볕
의 힘을 기억하렴."

난 그 꽃을 쥔 채, 계속 서 있었다.

가느다랗고 긴 꽃병에 물을 채우고는 꽃을 꽂아 위층 부엌 창
가에 두었다. 난 이 꽃에 그다지 희망을 품지 않았다. 꽃은 시들
어, 봉오리를 오므린 채 죽은 듯 보였다.

나는 아래층으로 달려 내려가, 바쁜 저녁 시간 내내 플로를 도
와주었다. 애디 이모가 옥수수 가루 반죽으로 만든 타말리 파이*
는 복권처럼 팔려 나가고 있었다.

애덤이 어깨를 확 펴고, 다이너로 걸어 들어와 소식을 전해 주
었다.

---

*으깬 옥수수와 간 고기를 옥수수 껍질에 싸서 찐 멕시코 요리.

다들 4시 58분에 선거관리위원회에 갔었다.

스툽 사장은 공식 후보자로 등록되었다.

내가 어깨를 들썩이자, 플로도 덩달아 몸을 흔들었다.

브레이버먼은 뒤집개를 허공에 높이 던졌다가 등 뒤로 낚아챘다.

어느 한 곳에 희망이 피어나면, 모든 게 가능하다.

다음 날 아침, 페티본 할머니가 준 원추리 꽃이 꽃병 안에 꼿꼿하게 서더니 꽃을 활짝 피웠다. 햇볕의 미덕을 흠뻑 빨아들였다.

"이제 우리 공식 경기에 함께 나서게 되었군, 스툽."

엘리 밀스턴 시장이 다이너 카운터로 걸어와 스툽 사장과 악수를 했다. 사진사가 악수하는 모습을 찍었다.

엘리 밀스턴은 자신의 선거 유세 포스터를 들어 올리며 말했다.

"혹시라도 자네 식당 앞 창문에 이걸 달고 싶지는 않겠지, 그렇지, 스툽?"

엘리 밀스턴은 사진사가 자신의 사교적인 모습을 찍을 수 있도록 활짝 웃어 보였다.

스툽 사장은 엘리 밀스턴에게 메뉴판을 주며 아침을 사겠다고 말했다.

"나를 매수하려는 건 아니지? 그건 불공정하게 이점을 취하는 거야."

엘리 밀스턴은 큰 소리로 말했다.

"그 말을 꺼내 주니 반갑네, 엘리. 사람을 매수하는 거야말로 이 선거 유세에서 우리가 꼭 해야 할 이야기 중 하나거든."

플로는 커피 주전자를 거의 떨어뜨릴 뻔했다.

"그건 트집 잡는 말이야, 스툽. 특히 자네 같은 상황에 있는 사람은."

스툽 사장은 두 손을 주머니에 넣었다.

"엘리, 자네와 리얼 프레시 유업의 밀착이 이 마을의 이익에 피해를 주고 있다고 생각하지 않나?"

사방이 쥐죽은 듯 조용해졌다.

엘리 밀스턴은 말을 더듬었다.

"그 리얼 프레시 유업은…… 이 마을에 생긴 가장 큰 기업이야!"

"몇 구역이나 되는 가장 긴 건물이기는 하지. 그건 나도 인정해."

주방에서 휘파람 소리가 크게 들려왔다.

사진사는 계속 셔터를 눌러 댔다. 엘리 밀스턴이 고함쳤다.

"그만 찍어 대!"

카메라가 아래로 내려갔다.

성난 황소가 올라왔다.

엘리 밀스턴은 어깨를 쫙 펴고 예의 그 익숙한 웃음을 되찾고는 웰컴 스테어웨이즈 다이너 안 유권자들 모두와 일일이 눈을 마주쳤다.

"멀허니의 시민 여러분, 난 언제나 여러분의 이익을 보호하기 위해 일해 왔다는 것을 말씀드리고 싶습니다. 저는 이 마을의 남녀노소 모두에게 좀 더 나은 삶을 드리기 위해 헌신해 왔어요."

엘리 밀스턴은 자신의 값비싼 금시계를 만지작거리고 사진사는 사진을 몇 컷 더 찍었다.

"시장님!"

〈멀허니 메신저〉 신문의 편집자 세실리아가 카운터 자리에서 일어서며 물었다.

"선거운동 후원자 이름은 언제 발표하실 건가요?"

엘리 밀스턴 시장의 눈동자가 번득였다.

"그건 우리 사무실에 물어봐야 될 거요."

엘리 밀스턴은 유권자들에게 의미심장한 인사를 하고는 문으로 걸어갔다. 반쯤 걸어갔을 때 세실리아가 소리쳤다.

"누구도 답변을 안 해 주던데요."

엘리 밀스턴은 계속 발걸음을 옮겼다.

10

루 엘렌의 아기 아나스타샤는 애덤이 선거운동본부로 개조한 뒤쪽 사무실에 마련해 둔 아기침대에 누워 있었다.

천장에 빨간색, 하얀색, 파란색 장식리본이 주렁주렁 매달려 있다. 책상 위에는 자그마한 미국 국기가 세워져 있고, 애덤이 만든 선거운동 슬로건 초안이 벽에 붙어 있다.

스툽을 시장으로, 모든 계절, 모든 명분을 위한 사람.

손볼 필요가 있는 문구였다.

루 엘렌이 아나스타샤를 쳐다보았다. 아기는 아무런 장난감도 갖고 놀지 않았다.

루 엘렌이 변명하듯 말했다.

"아기한테 발달 과정에 문제가 있다고 의사가 그랬어. 내가 몇 주 동안 지켜봐야 해. 돌봄 센터에서는 제대로 지켜볼 수가 없거든. 우리 엄마도 일이 있어서 아기를 돌볼 수가 없고. 스툽 사장님이 아기를 여기로 데려와도 된다고 하셨어."

플로는 안심시키며 말했다.

"잘 데려왔어."

우리는 루 엘렌이 일을 할 수 있도록 교대로 아나스타샤를 지켜보기로 했다. 아기는 그대로 두어도 괜찮을 거라고 루 엘렌이 계속해서 얘기해서, 우리는 딱히 할 말이 없었다.

플로가 단도직입적으로 말했다.

"그런 말 하지 마. 우리가 돌아가며 도와줄게."

루 엘렌은 몸이 굳어졌다.

애덤이 맨 처음 아기를 돌보았다. 장난감을 살펴보고, 네모난 상자를 들어 올려 아나스타샤 앞에 내밀고는 작은 오렌지색 레버를 내려 찰칵 소리를 냈다.

"아나스타샤, 이렇게 스툽 사장님한테 투표하는 거야. 해 봐."

아기는 반응하지 않았다.

"아나스타샤는 그런 거 못 해!"

루 엘렌이 소리쳤다. 얼굴이 굳어졌다. 나는 루 엘렌에게 손을 내밀려고 했다. 하지만 루 엘렌은 문밖으로 후다닥 물러나 달려갔다.

"자, 네가 이렇게 투표장까지 운전하는 거야."

애덤은 아기의 앙증맞은 손을 자그마한 바퀴 위에 올려놓았다.

하지만 아기는 여전히 반응이 없었다.

자원봉사 소방관의 바비큐 모임, 교회친목회, 그리고 '그레이터 멀허니 미화위원회' 모임. 스툽 사장은 선거 유세에 불을 지폈다. 요청이 들어올 때마다 연설을 했다.

　시드 씨는 연설문 쓰는 데에 규칙이 있다고 말해 주었다.

　"사안은 두 개나 최대한 세 가지로. 스툽 씨가 시장이 되면 하려는 걸 사람들한테 말해요. 그러고 나서 자신이 한 말을 다시 정리하는 거예요."

　하지만 스툽 사장은 확고했다.

　"난 연설문은 안 씁니다, 시드 씨. 우리 퀘이커교의 뿌리는 무척 깊습니다. 내게 필요한 적절한 말을 하느님이 알려 주실 거라고 믿어요."

　마치 음정이 맞지 않는 바이올린 소리를 들은 것처럼 시드 씨의 얼굴이 일그러졌다.

　스툽 사장이 로터리클럽 연설을 할 때, 시드 씨의 궤양은 더 악화되었다.

　"여러분은 아셔야 합니다. 만약에 여러분이 나를 시장으로 뽑는다면, 나는 다음 선거를 위해 여러분의 표를 얻으려 시간을 보내지 않을 거예요. 난 은퇴를 위해서 둥지에 깃털을 모으고 있지 않을 겁니다. 그때까지 내가 살아 있을 가능성은 별로 없거든요. 나는 현재를 위해 소매를 걷어붙이겠어요. 여러분도 그렇게 해 주길 부탁합니다."

시드 씨가 스툽 사장을 옆으로 끌었다.

"당신은 유권자에게 확고한 이미지를 심어 주어야 해요. 하늘에 언제나 떠 있는 태양처럼 말이에요."

스툽 사장은 껄껄 웃었다.

"나는 좀 지나가는 구름 같은데요, 시드."

6월이 7월로 녹아들었다.

애덤은 새로운 선거운동 슬로건을 만들었다.

스툽을 시장으로!

스툽은 더 나은 세상을 만들기 위해 죽을힘을 다할 겁니다!

시드 씨는 완벽한 홍보 문구라고 말했다. 우리에게 문제가 있다는 것을 인정하고, 그 문제를 다시 긍정적으로 바꾼 것이다. 시드 씨는 주머니에서 작은 플라스틱 팽이를 꺼내 탁자 위에 올리고 빙그르르 돌렸다.

애덤도 팽이가 있었다. 하지만 애덤이 팽이를 돌리자 바닥으로 툭 떨어졌다. 이런 가운데, 나는 해리슨과 미리엄이 보낸, 내가 엄청나게 보고 싶다는 내용의 싸구려 뉴욕 엽서와 함께 일곱 장짜리 편지 한 통을 받았다.

난 편지를 다섯 번 읽고 엽서는 내 방 거울 옆에 세워 두었다.

추억이 성큼 밀려왔다. 서점의 시낭독회에 가는 해리슨, 미리

엄 그리고 나(주요한 오락거리로 무엇보다 무료였다).

이사하기 전, 우리가 들었던 시낭독회. 시인은 수염이 터부룩하고 찢어진 티셔츠를 입고 있었다.

"난 줄무늬 없는 얼룩말이라네. 이 도시의 지하철에서 고함치지."

시인은 감정에 북받쳐 잠시 멈추었다.

"하지만 당신은 나를 알지."

시가 끝났을 때 내가 물었다.

"무슨 뜻이었어?"

미리엄은 헤이즐넛 비스킷을 으드득으드득 깨물며 말했다.

"그 사람 약에 취했어."

"그건 말이야, 자기 줄무늬를 잃어버린 얼룩말처럼 자신의 정체성을 잃어버렸다는 뜻이야. 그 남자는…… 자신이 지니고 있던 표시를 잃어버린 사람이 되었어. 하지만 자기 영혼의 지하철 깊은 곳에, 자신이 누구인지 알아. 우리도 알아…… 왜냐하면 그 사람이 우리이니까. 그 사람은 우리 모두를 위해 소리치는 거야."

해리슨이 설명해 주었다. 해리슨은 돌멩이 하나에서도 의미를 끌어낼 수 있다. 부모님 둘 다 문학 선생님이다.

"만약에 그 사람이 지하철에서 너무 크게 소리치면 잡혀갈걸."

미리엄이 덧붙였다.

나는 내 특이한 상황에 대해 캘리그래피 글씨체로 답장을 썼다.

애들아! 우선, 좋은 점은 나는 사람들의 생활에 불러일으킬 그 모든 선을 위해 주지사라든가 대통령이 될지도 모르는 사람과 함께 선거운동에 참여하고 있어.

나쁜 점은 어쨌거나 높은 건물이 없어. 음식으로 말하면, 이모를 빼놓고, 중세 시대를 생각하면 돼. 타이 음식도, 딤섬도, 저크 치킨도 없어. 박물관도 없어.

그냥 그런 점은 같이 일하는 곳에 내가 이해하려 애쓰는 남자애가 있어.

나는 펜을 내려놓았다.

친구들을 얼마나 그리워하는지 어떻게 말해야 할지 모르겠다. 다시는 볼 수 없을 거라 생각하는 사람들에게 편지를 쓰는 게 얼마나 어려운지, 그 애들에게 알려 줄 수가 없었다.

덴버에 있는 일레인. 세인트루이스에 있는 말라. 디트로이트에 있는 조시, 제이크 그리고 제니. 다시 찾아가겠다고 약속했지만, 난 이제 그런 약속을 하지 않는다.

우리는 옛 친구들에게 돌아가지 않는다. 우리는 그저 계속 앞으로 나아간다.

나는 이삿짐 트레일러 안에서 고함치는 줄무늬 없는 얼룩말이다.

브레이버먼의 열 살짜리 쌍둥이 여동생 하이디와 한나가 뒤

쪽 사무실에서 아나스타샤와 놀고 있었다. 아나스타샤는 놀이
에 전혀 관심이 없었다.

　장밋빛 위스콘신 뺨의 쌍둥이는 짙은 색 머리를 총총 땋았다.
브레이버먼은 감자 세 개로 저글링을 해서 동생들에게 웃음을
주고 있었다. 아나스타샤는 감자에도 관심을 보이지 않았다.

　브레이버먼은 다리 아래로 감자 하나를 빙그르르 돌리더니, 나
를 보고는 활짝 웃어 보였다. 이가 반듯하고 잇몸이 건강했다.
건치 모델 같았다. 그게 이 사람이 누구인지 말해 주는 것이다.

　나도 웃어 보였다.

　시드 씨는 커다란 책상에 앉아 있는데, 전혀 즐기지 않았다.

궤양은 좀체 낫지 않는 것 같았다. 의사가 카페인을 섭취하지 말라고 한 것도 별로 도움이 되지 않는 것 같았다. 확실히 홍보 아이디어가 떨어진 것 같았다.

애덤, 브라이스, 질리언이 회의를 하러 들어왔다.

"들어 봐."

시드 씨가 말했다. 어찌나 늘어지게 하품을 하는지 우리 모두 따라 했다.

"모든 성공한 선거운동에는 공통점이 하나 있어. 퍼뜨리는 능력. 이 방에 우리 여섯이 있어. 우리 여섯 명은 왜 스툽 씨를 지지해야만 하는지 다른 열 사람한테 가서 말해야 해. 그러면 그 사람들이 또 열 사람을 찾는 거지. 그림이 그려지니?"

시드 씨는 책상 위에 엎드렸다.

"우리는 바이러스처럼 퍼뜨려야 해."

애덤이 소리쳤다.

시드 씨가 고개를 잠깐 들고 말했다.

"길거리에서 뭐라도 소리쳐."

우리는 〈스툽을 지지하는 학생모임〉이라고 이름 붙였다. 우리는 스툽 사장 선거 홍보에 열을 올렸다.

애덤이 소리쳤다.

"아무것도 가정하지 마. 사람들에게 핵심적인 질문을 던지는 거야. 사람들이 스툽 사장님을 위해 투표할까? 이웃들을 찾아가. 친구들한테도 말해. 너희들 부모님을 괴롭혀!"

브라이스가 간청했다.

"나 말고 딴 사람이 우리 아빠한테 얘기하면 안 돼? 내가 아빠 자동차를 맥주 트럭에 박아서 엄청 화가 나 있거든."

"지난번에는 택배 트럭하고 부딪쳤어."

질리언이 내게 자그맣게 속삭였다.

질리언과 나는 좋은 친구가 되어 가고 있었다. 질리언은 바깥 세상과 자신을 이어 주는 컴퓨터를 무척이나 좋아했다. 질리언도 삶이 만만하리라고 기대하지 않았다. 농담을 피했는데 난 정말이지 고마웠다. 그런데 질리언에게는 한 가지 단점이 있었다. 언젠가 애덤이 대통령이 된다는 확고한 믿음이 있었다.

"미국 대통령?"

나는 기가 막혀서 물었다.

"정말이야, 호프. 애덤 같은 아이들은 꿈을 품고 태어났어. 애덤이 꾸는 꿈을 기억해. 그러니까 지금부터 몇 년 뒤, 언론에서 애덤을 아는 사람과 인터뷰 하고 싶어 할 때를 위해 준비해 둬."

"사장님한테 투표할 거지, 이모?"

질문 타이밍이 나빴다. 이모는 얼굴에 온통 클렌징크림을 발라 문지르고 있었으니까. 이모는 얼굴에 뜨거운 수건을 철썩 얹고는 몸서리쳤다. 오랫동안 이모가 그러는 걸 본 적이 없었다.

"스툽 사장은 고집스레 바보짓을 하고 있어. 믿을 수가 없어. 그런 능력이 있는 사람이 그렇게나 열렬히 자기 건강에 필요한 건 모른 체하다니."

나는 애덤이 만든 '유권자 실태' 질문지를 훑어봤다. 중요한 질문을 한 다음 네 개의 항목에서 하나를 고르게 되어 있었다.

네

아니오

어쩌면

희망 포기

내 이름을 이렇게 쓰다니, 마음에 들지 않았다.

"그래도 사장님한테 투표할 거지, 이모?"

이모는 얼굴에 수건을 단단히 조이고는 숨을 깊이 쉬었다.

"물론 그럴 거야."

나는 '네' 항목에 표시했다. 고집스러운 어른들은 똘똘 뭉친다.

"우리의 선거운동을 도와줄 수 있어?"

"난 매일 빵을 더 구워서 뒤쪽 사무실에 보내고 있거든."

'이 사람은 선거 유세에 어떤 도움을 줄 수 있을까?' 항목에 나는 이렇게 썼다.

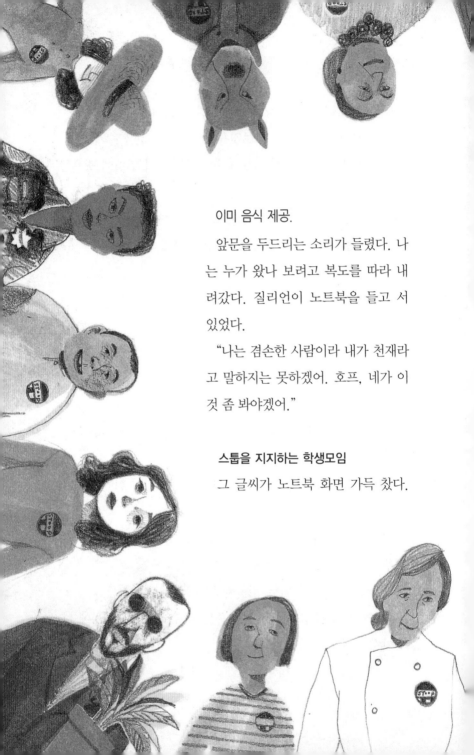

이미 음식 제공.

앞문을 두드리는 소리가 들렸다. 나는 누가 왔나 보려고 복도를 따라 내려갔다. 질리언이 노트북을 들고 서 있었다.

"나는 겸손한 사람이라 내가 천재라고 말하지는 못하겠어. 호프, 네가 이것 좀 봐야겠어."

스톱을 지지하는 학생모임

그 글씨가 노트북 화면 가득 찼다.

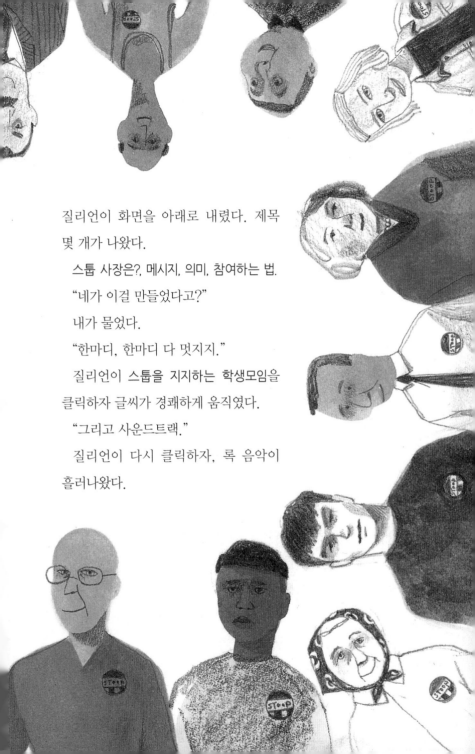

질리언이 화면을 아래로 내렸다. 제목
몇 개가 나왔다.

　스툽 사장은?, 메시지, 의미, 참여하는 법.

"네가 이걸 만들었다고?"

내가 물었다.

"한마디, 한마디 다 멋지지."

　질리언이 스툽을 지지하는 학생모임을
클릭하자 글씨가 경쾌하게 움직였다.

"그리고 사운드트랙."

　질리언이 다시 클릭하자, 록 음악이
흘러나왔다.

"질리언, 멋지다."

질리언은 씩 웃으며 키보드를 쳤다.

"맞아, 여기 사람들이 우리와 연락하는 방법이 나와 있어. 내가 고등학교에 다니는 아이들에게 우리가 하는 일을 알리는 이메일을 보낼 거야."

클릭. 청소년들이 말하는 스톱. 당신이 귀를 기울여야 하는 이유라는 글귀가 화면 가득 나타났다.

"내가 너한테 중요한 말을 따내야 해, 호프. 바로 지금 여기에 채워 넣을 거야. 당장 멋진 말 좀 해 봐."

"내가 멋진 말을 생각해 낼 수 있을까?"

"시간 됐어. 당신은 왜 스톱 사장님이 시장이 되어야 한다고 생각하나요?"

"왜냐하면 스톱 사장님은 엄청 정직하고, 아주 공평하고, 우리 모두의 복지에 대해 걱정하니까요."

질리언이 그 말을 타이핑해 넣었다.

"잠깐만……."

"아니, 좋아. 브레이버먼이 그랬는데 스톱 사장님은 시장 집무실에 명예와 겸손을 가져올 거래."

질리언은 나를 바라보았다.

"브레이버먼이 스톱 사장님을 홍보하기 위해서 〈스톱을 지지하는 학생모임〉 소식지를 편집할 거야."

"멋지다."

질리언은 계속 나를 쳐다보았다.

"뭔데?"

내가 물었다.

"호프, 이건 말해야겠다. 너하고 브레이버먼 완전 잘 어울려."

내 얼굴이 화끈거렸다. 질리언이 불쑥 말했다.

"내 말은, 너한테는 너를 이어 주는 대단한 **힘**이 있어. 그건 표면 아래에 있지만, 아주 깊이 흘러."

나는 평소처럼 보이려 애쓰며 창밖을 내다보았다.

외식업계에서 조금이라도 시간을 보낸 사람이라면 누구라도 동료와 사귀는 것의 위험을 안다.

"나는 같이 일하는 사람하고는 사귀지 않아. 그건 재앙이야."

엄마가 말해 준 웨이트리스로 살아남는 중요한 규칙 1번을 인용할 때, 내 심장은 쾅쾅 뛰어 댔다.

어떠한 상황에서도, 요리사와 사귀지 마라.

엄마는 그러다가 두 번 해고당했다.

"요리사들은 이리 뛰고 저리 뛰는 경향이 있어. 요리사와 사귀는 웨이트리스는 언제나 화상을 입어."

엄마는 지난 크리스마스 편지에 그렇게 썼다.

"호프, 네가 브레이버먼하고 같이 일을 하지 않았다면……."

나는 질리언에게 사실대로 말하지 않았다. 어쩌면, 브레이버먼하고 사귀고 싶을지도 모르지만 난 솔직히 털어놓지 않았다. 그 동안 남자친구가 딱 한 명 있었다. 펜서콜라 출신의 바비 레이 고센. 그 애는 알바였는데, 양다리를 걸쳤다.

"난 만약이라는 거 안 좋아해, 질리언. 나는 메뉴에 나와 있는 걸 좋아해."

내가 한 말은 사실 진실이 아니었다.

"넌 구제 불능이야."

"노력해 볼게."

질리언은 이모의 맛있는 더블 퍼지 브라우니를 먹었다. 그러면서 브레이버먼에게는 나처럼 다부진 누군가가 필요하다고 말했다. 왜냐하면 그 애의 여자친구가 대학교에 가기 전에 브레이버먼을 차 버렸기 때문이란다.

"브레이버먼은 괜찮은 남자야. 엄마하고 동생들을 돌보느라 고향에 있는 거야. 그 애 아빠는 가족을 버렸어. 엄마는 수술을 받았는데 보험이 없었어. 병원비가 어마어마해. 그래서 그 애가 아직 대학에 못 간 거야. 브레이버먼은 고등학교 학보사 편집자였어. 저널리즘을 전공할 거야."

"넌 그런 걸 어떻게 다 알아?"

"작은 마을에서는 누구나 다 알아. 호프, 브레이버먼이 너 좋아하는 거 알지?"

질리언이 노트북을 탁 닫았다.

내 심장이 뒤로 벌러덩 넘어가는 듯했다. 그 말이 사실인지 확인하러 브레이버먼을 보려고 아래층으로 내려갔다.

"브레이버먼, 잘돼 가?"

"좋아."

브레이버먼은 주방에서 당근을 자르면서 딱히 누구를 신경 쓰는 것 같아 보이지 않았다.

"전에 3번 테이블 내 손님한테 네가 만들어 준 폭찹 샌드위치 진짜 좋았어. 그 손님 그것에 대해 계속해서 말해."

나는 반짝이는 웃음을 지으려 시도했다. 난 멍청이가 되었다.

"좋네."

브레이버먼의 오른쪽 눈썹이 살짝 움직였고, 입을 꽉 다물었다. 브레이버먼은 나를 남겨 두고 비품창고로 갔다.

나는 다시 돌아가서 질리언에게 보고했다.

"모든 남자들처럼, 호프, 그 애도 코드를 해독해야 한다니까."

"그 코드가 뭔데?"

"나도 모르지. 아마 이집트 상형문자 히에로글리프보다 더 기괴할걸."

11

날마다 청소년들이 스툽 사장의 선거운동에 자원봉사를 하러 왔다. 우리는 무엇을 해야 할지 알았다.

스툽 사장을 지지하는 이유를 친구 열 명에게 말하고 함께하자고 부탁한다.

사람들이 스툽 사장에게 투표하기 위해 유권자 등록을 했는지 확인한다.

스툽 사장의 선출을 지지하는 이유를 써서 〈멀허니 메신저〉에 보낸다.

세실리아는 스툽 사장을 지지하는 편지뿐만 아니라, 닫힌 세무서 문을 열 것과 리얼 프레시 유업이 지방세를 냈다는 증거를 제시하라는 사설을 신문에 실었다.

시장은 이렇게 답변했다.

"우리는 내부 감사를 진행하고 있습니다. 감사가 완료될 때까지 세무서는 문을 닫을 겁니다."

"이걸로는 충분하지 않아."

브레이버먼은 사설을 읽으며 화를 냈다.

다이너에 돌아왔을 때, 스툽 사장은 지나치게 자신을 몰아붙이고 있었다. 스툽 사장이 벽을 짚고 걸어가는 모습을 나는 두 번 보았다.

언젠가 얼굴에서 핏기가 가시는 걸 본 적도 있었다. '야생동물의 친구들'이라는 단체에서 나온 대표한테 온갖 짜증을 들으며 난처한 입장에 몰려 있었다. 그 대표는 스툽 사장이 '야생동물들과 공놀이'를 한다면, 스툽 사장에게 스물네 표를 개인적으로 모아 줄 수 있다고 말했다.

시드 씨가 여전히 카페인이 부족한 상태에서 하품을 하고는 스툽 사장의 창백한 얼굴을 살폈다.

"사람들 앞에서 당신을 강하게 보여야 해요. 가능할 때마다 승리의 표시를 하세요. 유권자들은 그런 걸 좋아하지요."

스툽 사장은 고개를 절레절레 저었다.

"사람들에게 있는 그대로의 모습을 보여 줍시다, 시드."

선거운동의 열기가 무르익어 가고 있었다. 애디 이모는 불을 붙이면 금방 바삭하게 익었다가 순식간에 흐물흐물해지는 호박 튀김 같다고 말했다.

이모가 메뉴에 올려놓은 음식을 보려고 사람들이 날마다 웰컴 스테어웨이즈 다이너로 오고 있었다. 어제는 한 남자가 햄과 마늘 버터 빵을 곁들인, 말린 완두콩 수프 두 그릇을 먹고는 즐겁

게 웃음을 터뜨렸다. 그 남자는 혼자 식사를 했다. 9번 테이블에서는 청혼하는 것도 보았다. 행복에 겨운 여자가 처음으로 한 말은 이랬다.

"해럴드, 나한테 청혼하는 데 7년 걸렸는데, 내가 왜 안 받아들이겠어?"

해럴드라는 남자는 반쯤 먹다 남은, 갈색이 나게 볶은 양파가 쌓인 고기 접시를 쳐다보며, 확실하지 않지만 대단한 무언가가 자신에게 다가왔다고 말했다.

이모는 이제 주방을 장악했다. 이모는 거품기 하나를 들어 브레이버먼을 가리켰다.

"내 생각에는 말이야, 마음으로 파고들기 위해서는 위장을 지나가야 해. 우리는 지금 사람의 마음을 얻는 사업을 하는 거야. 메뉴를 넘어 음식의 감동을 깊숙이 전달시키는 거라고. 왜냐하면 사람들은 한 가지 이유 때문에 다시, 또다시 식당에 돌아오거든. 자기들의 영혼을 살찌우기 위해서……."

이모는 양파를 재빨리 다졌다. 양파 향에 눈물을 훔쳐 냈다.

브레이버먼이 조언해 주었다.

"양파 자를 때, 옆에 촛불을 켜 두면 눈이 안 아파요. 저는 그렇게 해요."

이모는 얼굴을 훔쳐 내고는, 눈물방울이 요리에 열정을 더 보태 준다고 했다.

그런데 이모와 스튭 사장은 서로의 방식에 익숙해지느라 어려움을 겪고 있었다. 플로는 개 두 마리가 풀밭에서 자신의 영역을 표시하는 것 같다고 했다.

 가장 나쁜 건 이모가 빅 하트 스튜라는 새로운 레시피를 준비할 때였다. 토마토 마늘 소스로 잰 송아지 고기와 소시지에, 완두콩과 살짝 튀긴 양파를 곁들인 요리였다.

 이모는 양파를 너무 많이 썼다고 생각했다. 스튭 사장은 한 접시를 비우고는 그대로 완벽하다고 말했다. 이모는 이제 이 주방이 완벽에 가까워졌다며, 앞으로 기대할 것이 더 많을 거라고 스튭 사장에게 힘주어 말했다.

 "이 도시에서 내가 본 최고의 요리예요. 게다가, 세상에나! 사람들이 식당에서 나갈 때, 만족스러워합니다. 당신은 스스로에게 너무 엄격해요. 애디."

 "그게 바로 음식이 업그레이드되는 유일한 방법이기 때문이에요."

 "조금만 뒤로 물러서면, 더 재미있어질 거예요."

 그렇게 말하면 안 된다고, 나는 스튭 사장한테 신호를 보내려고 했다. 이모에게 '재미있다'는 의미는 어리석어 보일 정도로 끊임없이 레시피를 고민하는 것이다. 이모는 자신의 최고 재미를 이 송아지 스튜에 쏟아부었다.

 이모가 으르렁거렸다.

 "사장님, 이 요리에는 양파가 너무 많아요. 제대로 만들 때까지 손님 테이블에 올리지 않을 거예요. 다른 걸 메뉴에 올릴게요."

스툽 사장은 내일의 특별메뉴를 이미 다 적어 두었다며, 메뉴를 고치지 않겠다고 말했다.

"그럼 제가 고치죠."

이모는 거의 고함치다시피 하며 펜과 종이를 움켜잡고 쓰기 시작했다.

"애디, 그건 분명히 낭비하는 거예요. 우리는 완벽하게 좋은 음식을 버릴 여유가 없어요."

이모는 시선을 돌렸다. 나는 이모가 침착함을 잃지 않기를 하느님께 기도했다.

하지만 모든 게 뒤엉키기 시작했다.

습하고 비가 내리던 일주일 사이에 마을에서 도난사건이 네 건 발생했다. 하나는 애덤의 집이었다.

애덤이 큰 소리로 말했다.

"도둑들이 내 방 서랍을 모조리 열었어. 우리 엄마 골동품 시계를 가져갔어. 스테레오하고 텔레비전하고 우리 아빠가 수집한 시어도어 루스벨트 대통령 선거운동 배지까지."

애덤은 멍한 채 몸을 떨었다.

나도 모르게 주먹이 불끈 쥐어졌다.

"도둑이 든다는 건, 그러니까⋯⋯ 그건 퍽 감정적인데."

애덤은 눈물을 꾹 참으려 했다. 나는 애덤의 어깨에 손을 얹었다.

밥콕 부보안관은 동일범 소행처럼 보인다며, 아마도 2인조 같다고 말했다. 카운터에서 커피를 두 잔째 마시며 설명했다.

"둘 다 그다지 빠르지는 않아. 일을 깔끔하게 처리하지 못했거든. 어쨌거나 그게 누구든, 사람들의 행동반경을 알고 있어. 집에 있을 때든, 일하러 갔을 때든. 흥미롭게도 스툽 씨의 추천인 서명지에 서명한 사람 또는 그 선거운동에 참여한 사람 집만 골라서 털었어."

밥콕 부보안관은 진짜 총이 들어 있는 어깨 총집을 매만졌다. 밥콕 부보안관은 미니애폴리스에서 형사였는데, 여기에 사는 어머니가 혼자 몸을 가누기 힘들어서 보살피기 위해 멀허니로 이사 왔다고 플로가 말해 주었다.

"브렌다는 경찰 고위층에 줄이 닿아. 그리브스 보안관은 그걸 탐탁지 않게 여기지."

플로가 내게 덧붙였다.

"소문내는 게 좋겠다. 폭풍에 대비해 뚜껑문을 누름대로 막아 놓고*"

---

* 'Batten down the hatches.' '위기에 대비하다'는 뜻의 영어 관용어.

밥콕 부보안관이 나하고 플로에게 말했다.
웹스터 사전을 찾아보았다.

누름대: 특별히 무언가를 막거나 튼튼하게 만들기 위해 사용하는 작고 가는 나뭇조각.

뚜껑문: 배의 갑판이라든가 건물의 마루, 지붕 등의 위에서 덮어 누르는 문.

"저 도둑들을 잡기 위해 어떤 조치를 취하고 있는지 알고 싶습니다!"

스톱 사장이 시청 계단에서 소리쳤다. 엘리 밀스턴에게 도둑 문제와 관련해 만나자고 제안했지만 거절당했기 때문이다.

"그리브스 보안관이 조사를 지휘하고 있습니다. 더 이상 드릴 말씀이 없습니다."

시장 대변인이 말하자, 스톱 사장이 맞받아쳤다.

"나는 할 말이 있습니다. 시장에게 전해 주시오. 거짓말과 더러운 전략으로는 절대로 이길 수 없다고 말입니다. 공포로는 사람들을 다스릴 수 없다고요. 지금부터 투표일까지 나를 만나지 않더라도 나는 결코 침묵하지 않겠다고요!"

세실리아는 〈멀허니 메신저〉 신문에 스톱 사장의 말 한마디 한마디를 다 실었다.

다음 날, 리얼 프레시 유업이 신문에 광고를 전부 취소했다. 다른 두어 개의 기업도 광고를 취소했다.

"세실리아가 재정적으로 큰 타격을 입을 거야. 리얼 프레시 유업이 가장 큰 광고주였거든. 세실리아는 남편과 사별한 뒤부터, 쥐꼬리만 한 돈으로 신문을 운영했어. 이런, 우리가 정치라는 이름으로 서로에게 무슨 짓을 하는 건지……."

스툽 사장이 나한테 말했다.

우리는 웰컴 스테어웨이즈 다이너 밖, 꽃이 활짝 핀 나무 옆에 있었다. 스툽 사장은 아나스타샤를 안고서, 가지를 잘라 내서 나뭇잎이 다시 풍성해지려면 어떻게 해야 하는지 들려주었다.

아나스타샤에게 겨자씨 이야기도 했다. 가장 작은 씨앗을 품는 나무지만, 나중에 가장 강한 씨앗이 된다면서 작은 씨앗을 심을 때 나중에 어떤 일이 일어날지 아무도 모른다고 했다.

나는 일하러 갔다. 루 엘렌은 서빙하면서 창밖으로 스툽 사장과 아나스타샤를 지켜보았다. 루 엘렌은 감정이 뒤죽박죽이었다. 일하고 아이를 돌보노라 지칠 대로 지쳤다. 나는 루 엘렌을 도와주고 싶었다.

"루 언니, 내가 12번 테이블을 맡아 줄까요? 그러면 언니가 밖으로 나가서……."

"난 돈이 필요해, 호프."

"팁 때문에 그러는 게 아니에요."

"동정 따위는 필요 없어, 알겠어?"

"언니, 내가 베이비시터처럼 도와줄 게 있다면, 뭐든 말해요."

루 엘렌은 고개를 숙였다.

"정말 착하구나. 여기 있는 사람들은 다 내게 지나치게 잘 해줘. 사장님은 필요한 만큼 아나스타샤가 여기에 있어도 된대."

루 엘렌은 주문장을 움켜쥐었다.

"난 도와주는 사람들한테 익숙하지 않아. 우리 엄마 빼고."

나는 고개를 끄덕였다.

"엄마가 계시니 좋겠네요."

루 엘렌의 얼굴이 굳어졌다.

나는 루의 생기 없는 손을 잡아 주었다.

루 엘렌은 창밖 스툽 사장을 보고 있었다. 스툽 사장은 아나스타샤한테 나무의 꽃을 만지게 하려 했다. 아기의 앙증맞은 손을 나뭇잎에 올려놓았다. 하지만 손은 힘없이 툭 떨어져 내렸다.

"아나스타샤가 진짜 큰 이름이라서 그렇게 지었어. 저 애가 이 세상에서 큰일을 하길 바랐어. 하지만 지금은 우리 딸이 뭐라도 할 수 있을지 잘 모르겠어."

루 엘렌의 뺨에 한 줄기 눈물이 흘러내렸다.

"우리 딸은 아빠도 없어."

가엾은 아이.

"나도 아빠 없어요. 함께 일하면서 몇 가지 중요한 걸 알게 되네요."

내가 말했다

루 엘렌은 슬퍼 보였다.

"네 아빠는 어디 있는데?"

"몰라요. 아나스타샤 아빠는요?"

"나도 몰라."

나는 웃음 지으며 말했다.

"마치 바이러스 같네요."

루 엘렌이 어색하게 웃었다.

"맞아, 거지같은 바이러스."

루 엘렌이 담당하는 테이블의 남자가 계산을 하겠다는 신호를 보냈다. 루 엘렌은 옷매무새를 다듬고 계산서를 작성했다.

"언니는 정말 용감한 것 같아요."

내가 말했다. 잠깐 동안 루 엘렌의 얼굴이 빛났다. 내면에 빛이 날 때 정말 예뻤다.

"멀허니를 위해 반드시 필요한 단 한 사람, 엘리 밀스턴에 대한 저의 지지를 선언할 수 있어 더없이 큰 기쁨이자 영광입니다."

리얼 프레시 유업의 대표 크랜스턴 브룸이 자신의 공장에서 마이크에 대고 외쳤다. 회사 사람들이 파도처럼 일렁이며 환호했다. 몇몇 직원들은 엘리 밀스턴의 플래카드를 공장 입구에 걸었다.

"여러분 눈앞에 보이는 회사 트럭은 모두 **엘리에게 한 표를** 포스터를 자랑스럽게 달았습니다. 우리가 시장님을 얼마나 지지하는지 널리 보여 주죠."

나는 브레이버먼과 애덤이랑 길 건너편에서 이 모습을 지켜보았다. 브레이버먼의 얼굴이 딱딱하게 굳었다. 브레이버먼은 마지막 커피 한 모금을 마시고는 일회용 컵을 구겨 버렸다.

브레이버먼은 '카페인 맨'이 되어 가고 있었다.

여유 시간에는 〈스툽을 지지하는 학생모임〉의 소식지에 매달리고, 〈멀허니 메신저〉에 선거운동에 관한 기사를 써서 보냈다. 하지만 신문에 실리지 못했다. 세실리아는 브레이버먼이 쓴 기사가 논설처럼 여겨진다고 말했다. 그러면서 브레이버먼에게 '현장의 냉정한 관찰자'가 되어 사실을 보도해야 한다고 했다. 그러자 브레이버먼은 이 선거에 냉철한 사람은 죄다 멍청이라고 말했다.

난 슬슬 브레이버먼이 걱정스러웠다.

플로가 내게 설명해 주었다.

"브레이버먼은 스툽 사장님이랑 관계가 깊어. 엘리 밀스턴이 말하는 걸 들으면, 그 사람을 죽이려 들걸."

엘리 밀스턴의 말은 우리 모두를 죽이고 있었다.

나는 G.T. 스툽이 이 도시에 어떤 해를 끼치는 존재라고는 생각하지 않습니다. 하지만 경험도 없고 백혈병에 걸렸는데도 시장 후보에 나선다는 건 직무유기일 뿐만 아니라 유권자를 모욕하는 짓임을 그 사람에게 알릴 필요가 있다고 믿습니다. 우리 모두 이 남자가 아플 뿐만 아니라 큰 착각에 빠져 있다는 걸 이해해야 합니다. 스툽이 고발하는 것들은 모두 허튼소리일 뿐입니다.

하지만 스툽 사장은 전부를 걸고 도전했다.

"엘리 밀스턴은 내 말은 전부 거짓말이라고 여러분에게 말하며 돌아다니고 있습니다. 제가 여러분이 만난 최고로 뻔뻔스러운 거짓말쟁이인지 아닌지, 여러분이 결정해야 합니다."

브레이버먼은 엘리 밀스턴의 선거 유세를 어디든 쫓아다니면서 질문하기 시작했다.

"이건 어떻게 생각하세요, 시장님? G.T. 스툽 사장님이 우리가 지금껏 만난 최고로 뻔뻔스러운 거짓말쟁이인가요? 아니면 시장님이 거짓말쟁이인가요?"

교대까지 한 시간 남았다. 그저 그런 날 중 하루였다.

주방은 꼬이고 있었다. 내 주문이 밀리는 바람에, 손님들이 배고픈 게 다 내 책임인 것처럼 나를 뚫어져라 쳐다보고 있었다.

주방 창구에서 재촉했다.

"20분 전에 토르텔리니* 소시지 수프 주문했어, 브레이버먼!"

브레이버먼은 프라이팬을 쾅 내려놓으며 말했다.

"10분 전이야."

아, 제발!

이것저것 달라는 테이블이 하나 있었다("저기요, 물 좀 주세요", "케첩 좀 주세요"). 스칼로티 부인이 카운터에 앉아서 조카 루이스를 내게 소개해 주려 말했다.

"착하고 생각이 깊은 아이란다. 파리 한 마리도 해치지 못해."

브루클린에서는 그걸 줏대 없다는 뜻으로 말한다.

내가 얼마나 바쁜지 알고, 서두르지 말라고 계속 말해 주는 17번 테이블에 나는 크럼블 베이컨이 들어간 세계 최고 셰프의 샐러드와 칠리 큰 거 하나를 가져다주었다.

브렌다 밥콕 부보안관이 카운터에 앉아서 아이스커피를 마시고 있었다. 오늘은 평상복을 입었다. 하얀 바지에 밝은 꽃무늬 셔츠. 저런 옷을 입으면 힐로 못된 녀석을 깔아뭉갤 수 있을 것

---

*작은 반달 모양으로 빚은 후 양끝을 붙여서 만드는 크기가 작은 만두 모양 파스타.

같아 보이지는 않았다.

나는 밥콕 부보안관 앞에 이모가 만든 신선한 코코넛 케이크 한 조각을 내려놓았다. 그때 피가 오그라들 것 같은 비명이 들렸다.

"어머나! 세상에!"

17번 테이블의 귀여운 여자가 얼굴을 가린 채 소리 질렀다.

나는 후다닥 달려가 보았다. 그 여자와 함께 있던 남자가 나를 사납게 노려보았다.

"내 아내 샐러드에 **죽은 쥐 반 토막**이 있어!"

그럴 리가 없다.

다이너에 침묵이 내려앉았다.

밥콕 부보안관이 바로 내 옆에 섰다.

나는 샐러드 그릇을 들여다보았다. 죽은 쥐 반 토막이 징그럽게 입을 벌린 채 로크포르 치즈 드레싱에 덮여 있었다.

루 엘렌이 비명을 질렀다.

나는 뒤로 물러났다.

그 남자가 자리에서 일어났다.

"내 평생 이렇게 역겨운 건 처음이야!"

그러면서 수프를 뜨는 커다란 숟가락으로 그걸 들어 올려 모두가 보게 했다.

구역질이 나면서도 도무지 믿을 수 없다는 사람들의 놀란 외침.

브레이버먼이 나를 도와주려 주방에서 후다닥 달려 나왔다. 그

롯을 들여다보고 할 말을 잃었다.

그 귀여운 여자가 울먹였다.

"나 갈래! 내가 이거 만졌을지도 몰라. 세상에나, 병균이 가득할 거야!"

손님들이 우리 주위로 몰려들며 한마디씩 했다.

"진짜 쥐야."

"쳐다보지 마, 애야."

"말도 안 돼."

나는 겨우 입을 열었다.

"손님, 저런 건 절대로……."

그 남자가 으르렁거렸다.

"여기가 깨끗하고 괜찮은 다이너라고 들었어. 기다려, 우리 변호사가 올 테니까."

브레이버먼이 샐러드 접시를 잡았다.

"모르겠어, 어떻게……."

그 남자가 다시 접시를 낚아채 갔다.

"증거로 이 접시가 필요해."

브렌다 밥콕이 부보안관 신분증을 내밀었다.

"제가 이 접시를 증거로 가져가지요. 당신과 변호사를 대신해 우리가 아주 안전하게 보관하겠습니다."

밥콕 부보안관은 자신의 업무일지에 뭔가를 적었다.

"여기에 서명을 해 주시면 됩니다."

갑자기 그 달달하던 커플이 안절부절못했다.

"뭐…… 뭘…… 서명하라는 거예요?"

"이건 그저, 당신이 샐러드에서 이 쥐를 발견했다는 내용이에요."

여자는 뒤로 주춤 물러났다.

"나는…… 난 모르겠어요. 우리가 뭐에 서명을 해야 하는지."

밥콕 부보안관이 물었다.

"전에 이 쥐를 본 적이 있으신가요? 당신 샐러드에 들어 있기 전에?"

여자는 고개를 숙이며 말했다.

"어떻게, 전에 그걸 볼 수 있었겠어요?"

"남자분은요?"

"당연히 못 봤죠."

"그렇다면 여기에 서명해 주시겠어요?"

두 사람은 서로를 이상한 눈빛으로 바라보았다.

아무도 말을 하지 않았다.

이윽고 어색한 웃음. 남자가 말했다.

"보안관님, 우리는 그냥 없던 일로 했으면 좋겠어요."

"그렇다면 고소하지 않겠다는 말씀이신가요?"

"예."

두 사람은 한목소리로 대답했다.

"신분증 좀 보여 주시겠어요?"

"왜, 왜 보여 달라는 겁니까?"

남자가 물었다.

"왜냐하면 저는 이 도시에 평화를 지키거든요."

반박하기 힘들다.

두 사람은 운전면허증을 내밀었다. 밥콕 부보안관은 신상정보를 적었다.

여자가 침을 꿀꺽 삼키고 말했다.

"그 쥐를 어떻게 할 건가요?"

"과학수사연구소에 보내서 검사를 의뢰할 겁니다."

"뭐 때문에요?"

"죽은 지 얼마나 됐는지, 이 지역의 쥐인지. 미시간에서 오셨군요."

"지나가는 길입니다."

남자가 차분하게 말했다.

밥콕 부보안관은 신분증을 두 사람에게 돌려주었다.

"즐거운 여행 하십시오."

남자가 테이블 위에 20달러를 놓고, 둘은 허둥지둥 문밖으로 나갔다.

밥콕 부보안관이 몸을 돌려 사람들에게 말했다.

"식사하세요, 여러분. 이 웰컴 스테어웨이즈를 문 닫게 하려는 손님이었던 것 같습니다."

모두가 한숨을 몰아쉬었다.

범죄 싸움의 고수, 브렌다 밥콕 부보안관이 마치 스캔들에서 웰컴 스테어웨이즈 다이너를 구한 게 대수롭지 않은 듯 겸손하게 손을 들고는 케이크는 나중에 먹겠다고 했다. 그러고는 그 샐러드 접시(쥐 조작과 오직 신만이 알고 있는 진실을 드러낼 증거)를 들고 문밖으로 씩씩하게 걸어 나갔다.

12

스톱 사장과 나는 트럭을 타고 선거 유세를 하러 가고 있었다. 스톱 사장이 같이 가자며 오른팔이 되어 달라고 했다. 정말이지 난 무척이나 뿌듯했다.

나는 애덤이 준비해 둔 일정표를 확인했다. 어떻게 그 애는 우리 둘이 이 모든 일정을 소화할 수 있으리라고 기대하는 걸까?

"사장님, 이건 말도 안 돼요. 우리는 여덟 시간 안에 치즈 공장에 들러 근로자들에게 연설하고, 통근열차 터미널에 가서 전단을 돌려야 해요. 소상공인연합회 지도자들과 만나 오찬을 하고, 유치원의 과밀학급에 대해 학부모 모임에서 연설하고, '째깍째깍 시계방'에 들러 커피를 마시고요. BVMRCC에 들러 빙고 게임도 해야 해요. 저는 BVMRCC가 뭔지도 몰라요."

스톱 사장은 껄껄 웃으며 말했다.

"그건 '은혜 입은 성모마리아 로마가톨릭성당'이란다."

나는 고개를 절레절레 저었다. 어떤 건 줄여 불러서는 안 된다.

"그리고 애덤이 지금까지 선거 유세에 도움을 준 사람들하고 그 사람들이 후원해 준 목록을 만들었어요. 애덤은 우리가 그걸 검토해야 한다는데요."

스툽 사장은 고개를 저었다.

"난 그 목록을 절대로 보고 싶지 않구나."

"죄송해요."

난 그 종이를 치웠다.

"누가 무엇을 후원해 주었는지, 그리고 그것 때문에 사람들에 대한 네 생각이 얼마나 많이 바뀔지 알면 넌 엉망진창이 될 거야."

나는 그 목록을 일찍이 봤다. 가장 큰 후원자는 이발사 슬릭 빅스비 씨였다. 가장 값싼 물건은 '스칼로티 치즈 월드'의 스칼로티 부인이 준 건데, 자기 가게의 값싼 치즈 5달러어치를 주었다. 대단한 사람들이다.

"이 목록 때문에 사람들에 대한 사장님의 마음이 바뀔 거라고는 생각하지 않아요."

"난 그럴 가능성조차 차단하고 싶구나. 우리는 모두를 위해 뛰고 있어. 주는 사람은 누구든 난 고맙지. 주지 않는 사람은 누구든 그럴 권리가 있고. 내가 애덤하고 얘기를 하마."

스툽 사장은 위스콘신 치즈회사 주차장으로 트럭을 몰아, 커다란 쓰레기 압축기 옆에 주차를 하고는 말했다.

"잠깐만."

그러더니 고개를 숙였다.

나는 기다렸다. 몇 분이 지났지만, 스툽 사장은 여전히 고개를 숙이고 있었다. 기도를 하고 있는 것 같았다. 시계를 들여다보았다. 벌써 15분 늦었다.

난 뭘 해야 할지 몰랐다.

헛기침을 몇 번 했다.

목소리를 가다듬었다.

크게 하품도 했다.

마침내 스툽 사장이 트럭 문을 열고 공장으로 나아갔다.

"저는 G. T. 스툽입니다, 여러분. 시장에 출마하였습니다."

아침 교대가 막 끝나고 있었다. 스툽 사장은 구내식당에 서서 최대한 많은 사람들과 악수를 나누었다. 하얀색 작업복에 하얀색 뻣뻣한 모자를 쓴 남자와 여자들이 호기심어린 표정으로 스툽 사장을 보려고 밀쳐 댔다. 희한한 치즈 포스터가 벽에 나란히 붙어 있었다.

스위스 치즈가 부럽나요?

페타 치즈? 당신도 치즈?

파르메산 치즈의 힘

나는 〈스툽을 지지하는 학생모임〉 소식지를 나누어 주며 최대한 밝게 웃으려 했다. 친밀한 정치적 접근이었다.

스툴 사장은 줄을 따라 인사하며, 사람들의 생각을 물었다.

한 남자가 정치가 아무짝에도 도움이 되지 않는다고 말하자, 스툴 사장은 한 사람이 변화를 불러오고, 두 사람이 짐을 들어 올리며, 더 많은 사람들이 혁명을 시작할 수 있다고 말했다.

한 여자가 몇 년 동안 투표를 하지 않았다고 말하자, 스툴 사장이 이유를 물었다.

"믿을 만한 사람이 아무도 없으니까요."

스툴 사장이 그 여자에게 말했다.

"무슨 말씀인지 알겠습니다. 믿음이란 곧장 생기는 게 아니죠. 그럴 만한 자격을 얻어야 생기는 거지요."

그러면서 자신이 연설할 때 들으러 올 수 있냐고, 자신을 아는 사람들과 대화를 나눠 볼 수 있느냐고 물었다.

"앞으로 제가 당신에게 신뢰를 준다면, 저에게 투표하시겠습니까?"

처음에 여자는 깜짝 놀랐지만, 이내 스툴 사장을 똑바로 쳐다보았다.

"네, 그럴 거예요."

또 다른 남자가 말했다.

"나는 투표해야 하니까 투표합니다. 투표하고 싶어서가 아니라⋯⋯."

스툴 사장이 솔직하게 말했다.

"저도 많은 선거에서 그렇게 생각했습니다. 투표를 하지 않은 적도 한 번 있었어요. 그때의 경험을 통해 선택이 만족스럽지 않더라도 투표를 하는 게 낫다는 걸 깨달았습니다."

사람들 또 사람들. 스툽 사장은 남자든 여자든 상관없이 한 사람, 한 사람을 그 방에 유일한 사람인 것처럼 대했다. 공장 사람들은 정말이지 감동받았다. 마음을 열고 활짝 웃는 얼굴들. 마치 맛있는 식사를 한 것 같은 모습이었다.

나는 스툽 사장 뒤로 걸어가서 소식지를 건넸다.

"오늘 스툽 씨를 보러 와 주셔서 감사합니다."

나는 말하고 또 말했다.

"한번 읽어 주시면 감사하겠어요. 여러분의 지지가 꼭 필요합니다."

키 작은 한 여자가 군중을 뚫고 나와서 스툽 사장에게 손을 내밀었다.

"스툽 씨한테 투표할 거예요. 어여 가서 엘리 밀스턴 엉덩이를 뻥 차 버려요."

스툽 사장은 그 여자와 악수하며 웃었다.

"감사합니다."

이윽고 뒤에서 몇몇 남자들이 고함치기 시작했다.

"엘리 밀스턴의 엉덩이를 차 버리자. 차 버리자!"

곧 사람들 대부분이 큰 소리로 외쳤다.

엘리 밀스턴의 엉덩이를 차 버리자!

엘리 밀스턴의 엉덩이를 차 버리자!

환호성은 주차장까지 따라왔다.

"엉덩이를 발로 차는 건 내가 하려는 슬로건은 아니었어. 난 비폭력주의자거든."

통근열차 터미널로 차를 몰며 스툽 사장이 말했다.

"사람들은 사장님이 자기들을 위해 싸워 줄 거라는 믿음이 있는 것 같아요. 저 치즈 공장 사람들한테는 전사가 필요해요."

"호프, 왜 사람들이 전사가 필요하다고 생각하는 거지?"

우리는 열차 터미널에 늦게 도착해서 8시 53분 기차를 놓쳤다. 플랫폼에는 아무도 없었다.

"사실 잘 모르겠어요……. 제 생각에 사람들은 자신들을 위해 싸워 줄 강한 누군가를 바라는 것 같아요."

"하지만 난 강하지 않아."

"사장님은 자신에 대한 믿음이 있어요."

"내 몸은 강하지 않지."

"음, 그러니까……."

난 주제를 바꾸고 싶었다.

"사람들은 지도자가 멋져 보이고, 멋진 말을 하며, 완벽하게 건강하기를 바란단다. 그런데 나는 백혈병에 걸리고 나서 삶이 그 어느 때보다 더 분명해졌어."

나는 스툽 사장의 얼굴을 쳐다보았다. 아주 단호해 보이면서도 몹시 지쳐 보였다. 스툽 사장은 기운을 내려 애쓰고 있었다. 힘을 내기 위해 싸우고 있었다. 오늘 하루를 소중하게 살기 위해 스스로를 밀어붙이고 긴장의 끈을 놓지 않고 있었다.

나는 스툽 사장의 건강에 대한 두려움을 털어 내고 용기를 불어넣으려 애썼다. 이 행성에서 가장 괜찮은 남자와 함께 하루를 보내는데, 달리 무엇을 할 수 있을까?

우리는 짜증이 난 유치원 학부모들한테서 간신히 살아남았다.

소상공인 오찬 모임에서는 다 식어 빠진 멀건 고기국물 속 질긴 닭고기를 겨우 이겨 냈다.

'째깍째깍 시계방'으로 가고 있었다.

"어머니는 어떤 분이시니, 호프?"

그 질문은 정말이지 예상 밖이었다.

나는 머뭇거렸다.

"이모는 우리 엄마 같지 않아요."

"이모가 그렇게 말씀하시더구나."

또 뭐라고 사장님한테 말했을까?

"우리 엄마는 웨이트리스예요."

어색한 침묵이 흘렀다. 그게 엄마를 말해 주는 건 아니었다.

"엄마는 애를 키우는 것보다는 웨이트리스 일을 더 잘해요. 엄마 되는 법을 몰라요."

스툽 사장은 신호등에서 멈추었다.

"네가 이겨 내야 할 게 많구나."

"저는 꽤 잘 해냈어요."

다시 차가 움직인다.

"네 어머니는 딸로서 너를 알아야 할 걸 놓치고 있어."

난 한번도 그걸 생각해 본 적이 없었다.

이유는 모르겠다. 하지만 눈물이 터질 뻔했다.

"내가 실망에서 무엇을 찾았는지 아니?"

스툽 사장이 물었다.

나는 훌쩍이며 답했다.

"아니요."

"실망을 이겨 낸다면, 실망은 우리의 힘이 될 수도 있을 거야."

"그게 사장님이 백혈병을 대하는 방식인가요?"

"그러려고 해, 호프. 난 정말 노력하고 있단다."

'째깍째깍 시계방'에서 연한 커피 마시기.

시계방에는 버치 우소키 주인이 초대한, 암에서 살아남은 여섯 명이 와 있었다. 우소키 주인도 4년 전에 암에 걸렸다. 이 모임은 시계방 우소키 주인의 후원 모임이었다.

여기서는 악수를 하지 않는다. 살아남은 사람들은 포옹을 한다.

"7년 동안 암이 재발하지 않았어요."

한 여자가 말했다.

"죽음을 앞두고 내 무덤 자리를 샀어요. 나를 묻으려면 좀 기다려야 할 거야."

부리부리한 눈동자에 키 크고 마른 여자가 말했다.

"사람들한테 말해요. 암에 걸린 많은 이들이 힘차게 살아가고 있다고. 삶에는 우리를 아프게 하는 온갖 것이 있다고. 질병은 그저 그중 하나일 뿐이라고 마을 사람들에게 말해 줘요."

그러면서 스툽 사장한테 자그마한 꽃이 있는 카드 한 장을 내밀었는데, 이렇게 적혀 있었다.

암이 아닌, 오늘을 즐겨라.

마치 신호라도 받은 것처럼, 가게 안에 있는 종, 징, 뻐꾸기가 한꺼번에 소리를 냈다. 3시였다.

"하루 중 내가 제일 좋아하는 시간이지."

우소키 주인이 큰 소리로 말했다.

"만약 내가 용기를 잃으면 어디로 가야 할지 확실히 알았네요."

스툽 사장이 '딩', '뎅', '뻐꾹' 소리 너머로 크게 외쳤다.

하지만 스툽 사장은 무척 지쳐 보였다.

얼굴이 그렇게 말해 주었다. 잿빛 얼굴이 찡그러졌다. 그 얼굴은 성당 빙고 게임 내내 남아 있었다.

성당 지하실의 열기.

여자들이 한꺼번에 빙고 카드 열 장을 내밀었다.

"우리 뒤에는 이처럼 열심인 사람들이 방 한가득 있어. 우리가 세상을 바꿀 수도 있어."

스툽 사장이 내게 속삭였다.

할머니 한 분이 스툽 사장에게 말했다.

"가정을 꾸리기에도 상태가 좋아 보이지 않아. 시장은 더 말할 것도 없고."

그 말은 깊은 상처를 냈다.

"내가 그렇게 나빠 보이니?"

스툽 사장이 물었다.

나는 바로 진실을 말해 주었다.

"사장님은 다 식어 빠진 달걀 프라이처럼 보여요. 기분 나쁘게 듣지 마세요."

"내 매력이 빛을 잃은 거니, 그래?"

"그런 상황에서는 손님들이 음식을 보지 않는 게 최고예요."

"너 말을 가리지 않고 직설적으로 하는구나."

"마늘이나 가려 써야 하지요."

나는 사장님에게 일깨워 주고 트럭 쪽으로 이끌었다.

13

스툽 사장과 나는 오후 8시 45분에 웰컴 스테어웨이즈 다이너에 차를 댔다.

스툽 사장은 주방에 들러서 식당이 어떻게 돌아가는지 보겠다고 말했다. 나는 사장님을 존경하지만, 내가 볼 때 지금 사장님은 자신을 돌볼 필요가 있으니 주방에 들르지 않는 게 좋을 것 같다고 말했다. 선출직에 후보로 나서는 사람은 자신의 몸에 귀를 기울이는 감각이 있어야 한다고 생각한다.

"그래, 알았다."

스툽 사장은 위층 계단을 천천히 올라갔다.

"오늘 함께해 줘서 고맙다, 호프. 넌 좋은 동료야."

"저도 순간순간이 퍽 즐거웠어요, 사장님."

스툽 사장의 문을 닫는 소리가 들렸다.

나는 주방으로 가서 브레이버먼에게 폭찹 샌드위치를 만들어 달라고 할 참이었다. 브레이버먼은 애디 이모보다 고기 육질을 더 부드럽게 했다. 물론, 이 사실은 이모한테 말하지 않고 무덤까지 가져갈 거다. 이번 주 내내 브레이버먼은 야간 근무를 하고 있었다.

그런데 이모가 그릴에서 주문 들어온 음식을 요리하고 있었다.

"어디 갔다 왔어?"

이모가 음식에서 눈을 떼지 않고 물었다. 훌륭한 요리사는 뱀파이어처럼 머리 뒤에도 눈이 달렸다.

나는 스톱 사장과 다녀온 곳을 모두 말하기 시작했다. 이모가 내 말을 잘랐다.

"여기 문제가 있었어, 호프."

이모는 허둥지둥 일에 거칠게 매달려 있었다. 이모는 뭔가 잘못되었을 때만 그런 식으로 요리한다.

"무슨……?"

"브레이버먼이 얻어맞았어."

"뭐라고?"

"그 애는 괜찮을 거야. 갈비뼈 몇 개는 부러졌어. 눈두덩이도 몇 바늘 꿰맸고. 일하러 나타나지 않아서, 내가 계속 요리하고 있었어."

등골이 오싹했다.

이모는 버거 세 개를 뒤집고, 으깬 마늘 감자를 발사믹 치킨과 함께 접시 위에 놓았다.

"밥콕 부보안관이 쉬는 날이야. 플로가 그러는데, 어머니를 모시고 병원에 검사받으러 밀워키로 갔다고 하더라."

이모는 튀김 팬을 탕 내놓았다.

"그런 우연의 일치에 대해서 어떻게 생각하니?"

나는 눈을 질끈 감았다.

함정에 빠진 듯 숨을 내뱉었다.

난 브레이버먼의 집에 전화를 걸었다. 어머니가 브레이버먼은 자고 있다고 말했다. 나는 질리언에게 전화를 했다. 그러고는 울기 시작하면서 뭐가 잘못된 건지 모르겠다고 자꾸 이야기했다. 나는 눈물을 잘 흘리지 않는 사람이다.

"너 그 애 좋아하는구나."

질리언이 말했다.

나는 발끈했다.

"우리 **모두**가 좋아한다고!"

"그래도 내 생각에 호프 너는 그 애를 좀 더 깊게 생각하는 거 같아."

그건 내가 들어야 할 말이 아니다. 설령, 사실이라 할지라도.

뚜껑문을 누름대로 막아 놔라. 밥콕 부보안관이 했던 말이다.

거대한 바람이 불어와 미처 대비를 단단히 해 두지 않았던 모든 것을 확 들어 올려버린 느낌이 들었다.

오전 8시 35분.

바람이 강하게 분다.

내가 브레이버먼 집에 도착했을 때, 스툽 사장이 막 그 집을 나서고 있었다. 스툽 사장의 얼굴에는 걱정과 분노가 깊이 새겨져 있었다.

나는 브레이버먼을 위해 식료품점에서 사 온 선인장을 쥐고 있었다. 꽃은 적당한 것 같지 않았다. 선인장이 씩씩했다.

나는 선인장을 쥐고 멍청한 느낌이 들었다.

스툽 사장은 내 어깨를 두드리며 말했다.

"브레이버먼이 별로 안 좋아 보이더라. 네가 기운을 좀 차리게 해 줘. 난 무슨 수를 쓰더라도 이 미친 짓을 막아 볼게."

스툽 사장은 씩씩하게 걸어갔지만, 강해 보이지는 않았다.

브레이버먼의 옆집은 폐허 같았다. 뒷바퀴도 없이 부서져 내린 자동차 한 대가 길 건너편에 있었다.

나는 벨을 눌렀다.

브레이버먼의 어머니가 맞아 주었다. 어머니는 키가 컸는데 겁을 먹은 것처럼 보였다. 지팡이를 짚고 걸었다.

"저는…… 호프라고 해요."

"아, 그래. 아들 녀석이 네 얘기를 하더구나."

어머니가 웃으며 말했다.

내 얘기를 했다고?

나는 하이디랑 한나 쌍둥이 여동생을 보았다. 하이디가 쿡쿡 웃으며 물었다.

"오빠 여자친구예요?"

"아니. 우리는 같이 일해. 그뿐이야."

나는 얼굴이 화끈거렸다. 등 뒤로 선인장을 감췄다.

한나가 껑충껑충 뛰어가며 소리쳤다.

"에디, 여자친구 왔어!"

에디라고?

나는 어머니를 보고 바보처럼 웃어 보였다.

"에디, 여자친구 왔다고!"

나는 언제나 외동인 게 감사했다.

저쪽 방문 하나가 삐거덕 열렸다. 어두컴컴한 곳에 브레이버먼이 보였다.

얼굴이 퉁퉁 붓고, 왼쪽 눈에 커다란 붕대를 감고 있었다. 브레이버먼이 빛 속으로 걸어 들어왔다.

심장이 쿵 무너져 내렸다. 나는 선인장을 내밀었다.

"좀 어때?"

"세 놈이 나를 두들겨 팬 것 같아."

나는 브레이버먼에게 다가갔다.

"세 명이라고?"

브레이버먼은 고개를 끄덕였다.

"엄청 아프겠다."

"절대로 해서는 안 될 경험이야."

나는 거의 손을 잡을 뻔했지만 잡지는 않았다. 우리는 복도를 따라 걸었다. 가구는 하나같이 낡아 보이고, 벽에는 거의 아무것도 없이 횅뎅그렁했다. 브레이버먼이 이런 곳에서 살고 있다고 상상하지 않았다. 가장 근사해 보이는 것은 책으로 가득 찬 커다란 나무 책장이었다. 비좁은 부엌에는 개수대에 지저분한 그릇이 가득하고 조리대에는 우유갑 하나와 시리얼 상자가 나란히 있었다.

브레이버먼은 나를 돌출현관 앞으로 이끌었다. 현관 앞에 플라스틱 의자가 두 개 있었다. 나는 의자 하나에 앉았다. 브레이버먼은 프랑켄슈타인처럼 내 앞에 뻣뻣하게 서 있었다.

나는 자그마한 마당을 내려다보았다. 아침 햇살이 밝게 비추었다. 마당으로 햇볕이 춤을 추듯 꽃을 어루만졌다.

무슨 일이 일어나든 얘야, 햇볕의 힘을 기억하렴.

"누가 때렸는지 기억해?"

"자기들이 누군지 말 안 했어. 나보고 선거 유세에 대해 말이 많다면서 입다물고 있는 게 좋을 거래."

브레이버먼은 발을 내려다보았다.

"난 뭐가 더 나쁜 건지 모르겠어. 두들겨 맞은 건지, 내가 맞서 싸울 수 없었던 건지."

나는 힘겹게 침을 삼켰다.

"네가 정말 걱정스러워, 브레이버먼."

"고마워."

어색한 침묵이 흘렀다.

"내 인생 처음으로, 누군가를 죽일 수도 있겠다는 생각이 들었어. 내가 그때 풀려나서 한 놈이라도 잡았다면, 놈을 죽어라 두드려 팼을 것 같아."

"넌 안 그랬을 거야."

나는 브레이버먼이 그러지 않기를 바랐다. 브레이버먼은 두 손을 움켜잡았다.

"내 분노가 두려워. 나, 엄마하고 동생들한테 고함치고 있어. 스키 마스크를 쓴 그 녀석들이 내 팔을 움켜잡는 모습이 계속 떠올라. 난 벗어날 수가 없었어!"

난 무슨 말을 해 줘야 할지 몰랐다.

브레이버먼을 꼭 안아 주고 싶었다.

"분노는 나도 잘 알아, 브레이버먼."

권투 이야기를 했다.

브레이버먼은 잠자코 있었다. 나는 덧붙여 말했다.

"그리고 이따금, 내가 누구한테 화가 났는지를 생각해. 그래야 엉뚱한 사람한테 분노를 터뜨리지 않거든."

"요리사처럼."

브레이버먼이 불쑥 말했다.

우리는 웃었다.

브레이버먼이 다시 고개를 숙였다.

"부탁 좀 들어줄래?"

"좋아."

브레이버먼은 똑바로 서려 애쓰며 두 눈을 꾹 감았다.

"엘리 밀스턴이 감리교교회에서 토요일에 연설을 할 거야. 나를 거기에 좀 데려다줘."

농담을 하는 게 틀림없었다.

"차가 필요해. 눈에서 붕대를 뗄 때까지 운전을 할 수가 없어. 엄마는 안 해 주실 것 같아서……."

"브레이버먼, 진통제를 너무 세게 처방받은 거야? 아니면 머리가 원래 이상한 거야?"

브레이버먼은 잠깐 생각하더니 말했다.

"둘 다."

브레이버먼이 폭행당했다는 소식이 동네방네 소문이 났다.

청소년들이 스툽 사장의 선거운동에 참여하려 떼로 몰려와 가입했다. 질리언은 온라인에 브레이버먼 소식을 퍼뜨렸다.

스툽 사장은 시청 앞 계단에 서 있었다.

"이 악이 퍼져 나가지 못하도록 하겠습니다. 밥콕 부보안관이 저 죄인들을 정의 앞에 데려오도록 철저한 조사를 요구합니다!"

그리브스 보안관이 정문에서 걸어 나왔다.

"이 지역에서 수사는 내 관할입니다."

"나는 당신이 우리에게 진실을 가져올 거라고 믿지 않습니다."

"그건 당신 문제요."

그리브스 보안관이 으르렁거리며 경찰차로 걸어갔다.

목요일 〈멀허니 메신저〉는 이 사건을 신문 1면에 실었다.

정치적 교훈

E. A. 브레이버먼

이번 주 남자 세 명이 나를 골목으로 끌고 가 폭행했다. 놈들은 나를 번갈아 가며 짓누르고 두들겨 팼다. 나는 놈들에게 빚진 게 없다. 저들에게 해가 되는 어떤 일도 한 적이 없다. 놈들은 내 지갑을 가져가지도 않았다.

저들이 가져가려 했던 건 G.T. 스톱 후보를 지지하는 나의 권리였다. 놈들은 내게 이 마을에서는 정치에 대해서 입다물고 있는 게 낫다고 말했다.

나는 그들의 이름도, 그들이 어디에 사는지도 모른다. 하지만 그 세 놈 모두에게 하고 싶은 말이 있다.

당신들 짓거리는 먹히지 않았다.

아, 물론, 당신들은 내 갈비뼈 세 개를 부러뜨렸다. 나는 이마를 꿰매어서 당분간 일을 할 수가 없다. 하지만 당신들은 내게 더욱 당당하게 말하라고, 이 마을에 만연한 부패에 대해서 진실을 찾도록 더욱더 큰 결심을 하게 만들었다.

그 폭행사건 뒤로 며칠 동안 생각했다. 내가 좀 더 강했다면 저들을 물리칠 수 있었을 것이다.

사실, 당신들은 약한 놈들이다. 게다가 엘리 밀스턴이 다시 선출되도록 비열한 짓도 서슴없이 저지를 수 있다는 것을 보여 주어 당신들의 명분을 잃었다.

보안관이 당신들을 잡기를 바라지만, 그것보다 우선 사람들이 당신들의 행동 뒤에 숨은 공포를 볼 수 있기를 바란다. 당신들은 진실을 두려워한다.

당신들은 그것을 아는가?

당신들은 두려워해야 한다.

토요일 아침. 멀허니의 청소년들이 넘쳐 났다.

나는 브레이버먼을 감리교교회 피크닉에 태워다 주었다. 청소년 57명이 우리와 함께했다.

내 심장은 분노와 걱정으로 쾅쾅 뛰었다. 브레이버먼이 시퍼렇게 멍든 몸을 이끌고 잔디밭 앞에 있는 커다란 천막으로 들어서

서 엘리 밀스턴 앞에 느닷없이 섰다. 엘리 밀스턴은 진실, 정의 그리고 미국의 방식에 대해서 계속 지껄여 대고 있었다.

"시장님! 저를 공격한 세 남자를 찾기 위해서 보안관 사무실에서 무엇을 하고 있는지 설명해 주시겠어요?"

엘리 밀스턴은 처음에 깜짝 놀라더니, 곧 브레이버먼을 가식적으로 안타깝게 쳐다보고는 말했다.

"자네에게 무슨 일이 일어났는지 알아보겠네. 약속하지."

"약속이라고요?"

브레이버먼은 절뚝거리며 바짝 다가갔다.

"시장님, 시장님의 약속은 더 이상 아무런 가치가 없어요."

애덤이 주먹을 번쩍 들어 올리며 환호하기 시작했다.

"진실을 밝혀라! 진실을 밝혀라!"

우리는 천막 지지대가 흔들리도록 목청껏 외쳤다.

마침내 엘리 밀스턴이 씩씩거리며 후다닥 자리를 피했다.

청소년들이 가수나 영화배우에만 관심을 갖는다고 생각하는지?

위스콘신에서 지내 보시라.

여러분을 깜짝 놀라게 해 주겠다.

그 '쥐 조작 사건'. 우리는 엄청난 소식을 전해 들었다. 〈멀허니 메신저〉 신문 1면에 그 소식이 실렸다.

〈멀허니 메신저〉 신문은 20면을 발행했는데, 지금은 8면으로 줄어들었다. 세실리아는 무슨 일이 있더라도 신문을 계속 발행하겠다고 맹세를 했다.

과학수사연구소 보고서는 웰컴 스테어웨이즈 다이너 주방에 쥐의 털이 없었다고 했다. 그 쥐는 적어도 일주일 전에 죽었다. 웰컴 스테어웨이즈 다이너에서 나올 리가 없었다. 그 달달하던 커플은 부도수표를 유통시켜서 두 번 체포된 적이 있었다.

밥콕 부보안관이 카운터에서 커피를 마시며 말했다.

"결정타는 말이야, 밀워키에서 어떤 남자가 그 두 사람에게 돈을 주며 웰컴 스테어웨이즈 다이너에서 쥐 소동을 벌이라고 했대. 그 커플이 진술했어."

"도대체 어떤 인간이 그런 짓을 하지?"

플로가 물었다.

"모르지. 내가 반드시 찾아낼 거야."

며칠이 지나갔다. 후텁지근한 날들이었다. 나는 7월에 달리 크게 기대하는 게 없었다.

브레이버먼은 자기 안의 분노를 직접 드러내고 있었다. 엘리 밀스턴을 공격하는 데 점점 사로잡혀 갔다.

'위대한 그릴 맨'의 복수.

브레이버먼은 눈에 붕대를 두른 멍든 얼굴로 마을을 돌아다니며 '대중의 분노'의 상징이 되었다. 시드 씨가 말한 대로, 유권자들에게는 확실히 근사한 기념물이었다.

'스툽을 시장으로'라는 문구가 잔디밭과 자동차 범퍼 스티커에 점점 더 많이 나타났다. 하지만 요리 기구로 재주를 부리고 농담을 하는 브레이버먼의 모습은 찾아볼 수 없었다. 아침부터 저녁까지 심각하고 약이 바짝 올라 있었다.

선거 유세 회의가 끝난 뒤, 나는 브레이버먼에게 조심스럽게 얘기를 꺼냈다.

"절대로, 엘리 밀스턴이 당선되지 못하게 할 거야."

브레이버먼은 이를 뿌드득 갈았다.

"난 네가 선거 유세의 짐을 다 짊어져야 한다고는 생각하지 않아."

"그냥 내버려 둬, 호프."

브레이버먼이 그렇게 말했을 때, 정말 마음이 아팠다.

브레이버먼의 상처는 주방을 황폐하게 만들고 있었다. 브레이버먼은 제대로 일을 할 수 없었다. 이모가 대신 죽어라 일하고 있었다. 이모는 속마음을 꾹 참는 스타일이 아니다.

한번은, 스툽 사장이 이모를 도와주려 소매를 걷어붙였는데, 둘이 20분 동안 나란히 일하는 동안 위스콘신에서 내 미래가 연기처럼 사라질 뻔했다. 다행히, 스툽 사장이 눈치 채고 점잖게 뒤로 물러나며 말했다.

"애디, 더 이상 당신 신경을 건드리지 않을게요."

이모는 남아 있는 신경이 있다면, 그건 신의 은총 때문이라고 중얼거렸다.

스튜 사장이 카운터로 나와 내게 물었다.

"네 이모와 잘 지내는 방법에 대해 무슨 조언이라도 해 줄래?"

나는 스튜 사장의 단호한 얼굴을 보며, 진실을 감당할 수 있으리라고 생각했다.

"사장님, 진실은 대가가 비싸요. 이제 주방에서의 전권을 이모한테 주어야 해요. 다른 방법이 없어요."

"손을 떼라고?"

"완전히요."

스튜 사장은 자기 손을 내려다보더니 주머니에 푹 쑤셔 넣었다.

스튜 사장의 기력은 오르락내리락했다. 열이 살짝 올랐다. 의사가 백혈구 수치가 높아질 때까지 되도록이면 사람들을 만나지 말라고 말했다. 그건 우리 모두를 두렵게 했다.

스튜 사장은 잠시 동안 그렇게 하겠다고 말했지만, 꼭 풀려나기를 기다리는 우리에 갇힌 황소 같았다.

나는 스튜 사장의 방에 서 있었다. 방은 우리 방과 복도를 사이에 두고 있다. 나는 이모가 만든, 아플 때 먹는 치킨 수프와 달걀 국수를 가져왔다. 항균 비누로 손을 세 번 씻고 운동화에는 소독

약을 뿌렸다.

스툽 사장은 딱 봐도 아파 보였다.

"브레이버먼은 어떠니?"

나는 명랑하려 애썼다.

"나아지고 있어요. 잘 해내고 있어요."

커다란 한숨.

"아래층은 어떻게 돌아가니?"

"좋아요. 바쁘게 지내고 있어요."

스툽 사장은 탁자에 손을 탁 내려놓고 벽에 걸린 유화를 물끄러미 바라보았다. 거기에는 거칠게 일렁이는 파도 위 자그마한 배 하나가 돛에 바람을 가득 품고 있었다.

"내가 가고 싶은 곳이란다."

스툽 사장은 초조하게 말했다.

"항해사세요?"

"대단하지는 않고. 난 한창일 때 저기 밖에 있고 싶구나, 호프. 환자처럼 여기에 갇혀 있는 게 아니라."

나는 그 그림을 보았다.

"이따금 제가 저 배처럼 느껴질 때가 있어요."

"어째서?"

"그러니까, 이따금 제가 아주 작게 느껴져요. 제 주위 파도가 높은데 여전히 물가로 나아가야겠다는 그런 느낌이 들어요."

해리슨이 그 말을 좋아했을 거다.

스툽 사장은 웃음 지었다.

"저 그림은 우리 어머니가 그리셨단다."

"잘 그리시네요."

"어머니는 성가신 일을 저런 식으로 바라본다고 하셨지. 좋은 항해사는 바람 속으로 배를 모는 방법과, 바람의 힘을 자신의 장점으로 활용하는 법을 알지. 네가 폭풍 속에서 항해하기 전까지는 진짜 항해사가 될 수 없어. 폭풍 속에서 네가 아는 걸 시험하고, 너와 배와 바람이 무엇으로 이루어져 있는지 보게 될 때 진짜 항해사가 되지."

나는 그 그림을 한참 동안 쳐다보았다.

엄마가 나를 남겨 둔 높은 파도를 생각했다.

나를 전복시키려 한 글리슨 빌이라는 거대한 바람을 생각했다.

"제가 배울 다른 길이 있으면 좋겠어요, 사장님."

스툽 사장은 소파 위에 털썩 앉았다.

"나도 그 과정이 싫단다."

스툽 사장은 커피 테이블에 놓인 짙은 색 멋진 나무 조각 하나를 들어 올려 내게 내밀었다.

"만져 볼래?"

그 나무 조각은 유리처럼 매끄러웠다.

"백 년 전에 바다를 항해하던 배에서 떼어 낸 마호가니 나무 조각이란다. 색깔이 얼마나 깊은지 보렴. 처음부터 저렇지는 않았어. 백 년 넘게 바다에서 파도에 부딪히고 긁히면서 이 나무가 이렇게나 아름다워질 수 있었지."

나는 그 나무 조각을 들어 올렸다. 내려놓고 싶지 않았다.

"이따금 강인해지는 게 얼마나 어려운지 저는 알아요."

스툽 사장은 무척이나 상냥한 눈빛으로 나를 보았다.

"그래, 네 말을 이해한다."

나는 수프가 식지 않게 덮어 두고, 진심으로 스툽 사장님이 낫기를 바랐다.

스툽 사장을 잃는다면 그건 정말 최악이다.

대신, 우리는 시드 씨를 잃었다.

시드 씨는 하원의원 선거에 인공호흡을 불어넣기 위해 버지니아로 불려 갔다. 그 하원의원은 한 학교를 방문해 에이브러햄 링컨이 미국의 16번째가 아닌, 13번째 대통령이라고 말했다가 한 어린아이가 고쳐 주어서 반 전체가 웃음을 터뜨렸다. 방송국 카메라가 그 극적인 장면을 찍어 텔레비전에 나가는 바람에 언론에 몹시 시달림을 받고 있었다.

애덤은 그게 최고의 공보 담당자에게 주어진 극한의 시험이라고 말했다. 하지만 그건 우리가 스툽 사장의 선거 유세에 의논 상대를 잃었다는 뜻이었다.

어른 한 명을 잃은 건 말할 것도 없이.

나는 해리슨과 미리엄에게 이 모든 것을 편지에 쓰려고 애썼다. 스툽 사장의 선거 유세와, 그것이 얼마나 중요한지, 내 생활을 설명하려 했다. 왜 브레이버먼이 맞았으며, 우리의 '아무것도 아닌' 관계의 깊이를 설명하려고 했다.

전에 너희들한테 말했던 남자가 있어. 난 그 애한테 살짝 관심이 있어. 우리는 정말 그냥 친구야. 이따금 그 애가 나를 좋아한다는 생각이 들다가도 또 어떤 때는 아닌 것 같기도 해. 그래서 이 모든 게 정말로 짜증스러운 것 같아.

멸허니에서 불끈하며.

나는 화장대에 있는 지구본으로 걸어갔다. 살짝 돌려 보았다. 위스콘신에 멈추었다.

밀워키에 손가락을 놓고, 왼쪽으로 살짝 움직였다.

당연히 멀허니는 지구본 위에 없다.

이 세상에서 숨어 있는 그렇게나 작은 곳.

"아빠, 나 여기 있어요."

생각보다 목소리가 크게 나왔다.

나는 귀를 기울이며 기다렸다.

삶에는 풀리지 않는 수수께끼가 너무나 많다.

14

어떤 것들은 임무가 된다.

내게는 월든버그 씨가 그랬다. 월든버그 씨는 금요일마다 카운터에 털썩 주저앉아 같은 음식을 주문했다.

하얀 빵에 구운 아메리칸 치즈. 나는 몸서리치지 않으려 노력했다. 슬라이스 토마토에 일곱 가지 곡물을 넣어 구운 빵 같은 새로운 메뉴를 소개하려고 했다.

"제 기억으로 금요일마다 구운 아메리칸 치즈를 드셨네요."

나는 두 손을 허리춤에 얹었다. 까칠남.

나는 월든버그 씨에게 뭐든 말을 시키려 했다.

하지만 월든버그 씨는 툴툴거리기만 했다.

나는 항상 스툽 사장의 시장 출마에 대해 몇 가지 멋진 말을 하려 했다. 하지만 월든버그 씨는 아무 반응이 없었다. 한번은 카운터 손님들이 선거에 대한 이야기를 나누고 있을 때, 월든버그 씨가 선언하듯 말했다.

"난 투표 안 해. 한 번도 안 했어."

한 번도 안 했다고?

"난 투표 안 해. 아내도 투표 안 하지. 정치하는 놈들은 죄다 세상을 엉망으로 만든다고."

애덤은 나서려고 미끄러지듯 다가와, 〈스톱을 지지하는 학생 모임〉 소식지를 들고, 체셔 고양이처럼 활짝 웃었다. 하지만 월든버그 씨는 손을 저어 애덤을 물리쳤다.

"선전물 따위는 안 읽어."

월든버그 씨는 샌드위치를 먹고 나서, 15퍼센트 팁을 주고 갔다(57센트).

투표해야 해요, 월든버그 씨.

투표를 하면 당신 세상을 넓힐 수 있다고요.

스톱 사장의 열이 내렸다. 하지만 여전히 힘겹게 몸을 움직였다.

기자들 몇 명이 스톱 사장이 시장에 출마했다는 소식을 듣고, 스톱 사장과 인터뷰를 하러 마을에 왔다.

기자들은 이걸 흥미로운 휴먼 스토리로 바라보았다. 시드 씨가 자신이 아는 몇몇 신문기자들에게 전화를 했다. 시드 씨가 떠나며 남긴 스톱 사장의 선거운동과 더 많은 홍보를 위한 이별선물이었다.

브레이버먼은 이 모습을 지켜보며 스펀지처럼 귀를 기울였다.

"당신은 백혈병을 통해 뭘 배웠나요?"

기자 하나가 스툽 사장에게 질문했다.

"올바른 일을 하기에 너무 늦은 건 결코 없다는 사실입니다."

스툽 사장이 대답했다.

"멋져요."

브레이버먼이 말했다. 그러고는 자기 노트에 적었다.

거리의 사람들 인터뷰가 있었다.

거리의 청소년들 인터뷰가 있었다.

애디 이모처럼, 어떤 사람들은 인터뷰를 완곡히 거절했다.

나는 절대 그러지 않았다. 가슴 깊이 남몰래 희망을 품고 있었다. 이렇게 언론에 노출되면, 우리 아빠가 어떻게든 내 얼굴, 내 이름, 또는 뭔가를 알아볼 거라는 희망이었다. 그러면 재규어 세단에 후다닥 올라타 전속력으로, 하지만 무모하지 않게 나를 찾아 밤새 달려올 것이다.

나는 뒤쪽 선거 사무실에서 잠시 쉬며, 아나스타샤에게 우유를 먹이고 있었다. 아나스타샤는 벌써 한 달 넘게 여기에 있었다. 크게 달라진 건 없었다. 앙증맞은 입으로 빨기 시작했지만, 이내 젖병을 밀어 버렸다. 나는 젖병을 다시 입에 가져다 댔다. 아나스타샤는 다시 밀쳐 내려 했다. 아나스타샤는 조막만 한 데다 삐쩍 말랐다.

"좋아, 내가 여기 있어 넌 정말 다행이다. 왜냐하면 나도 아기 때 너처럼 먹는 데 문제가 좀 있었거든. 모든 아기가 곧장 우유를 제대로 빨아 먹는 건 아니란다. 너는 스트레스를 잘 이겨 내야 해. 사람들은 시간을 재면서, 네게 아직 준비되지 않은 것들을 해내기를 바라고 있으니까."

아나스타샤에게 말했다.

그리고 젖병을 입가에 댔다. 아나스타샤는 몇 모금 더 빨고는 더 이상 물지 않았다.

"이제 너한테 정말 필요한 건 네 엄마가 너를 제대로 돌보는 거야. 난 그게 진리라는 걸 알아. 네 엄마가 줄곧 너를 걱정하느라 다른 사람들을 정신없게 만드니까. 우리 엄마는 정말 나를 하나도 신경 쓰지 않았어. 장담하는데, 처음부터 그게 내가 음식 먹는 데에 영향을 미친 것 같아. 그 점에서는 네가 나보다 나아, 아나스타샤. 넌 그 점에 대해서는 꽤 멋지다고 생각해야 해."

나는 젖병 꼭지를 아랫입술에 문질렀다. 수의사가 미리엄의 집에서 강아지에게 우유를 먹일 때, 그렇게 하는 걸 본 적이 있다. 아나스타샤는 입을 살짝 벌렸다.

"빨아 봐."

내가 말했다.

아나스타샤가 조금 빨았다.

"나쁘지 않네. 말했지, 넌 이 우유를 다 먹어야 해. 많은 일들이 제자리를 찾을 거야. 때가 되면, 네 엄마한테 네 이름을 말하고 싶어질 거야. 왜냐하면 내 첫 이름만큼이나 아나스타샤라는 이름은 커다란 도전일 테니까. 하지만 한 번에 하나씩 하면 돼. 먹어, 아가야. 네게는 에너지가 필요해. 어서."

젖병은 다시 스르르 빠져나왔다.

나는 아나스타샤의 입에 손가락을 넣고 어쩌는지 살펴보았다. 아나스타샤가 손가락을 꽉 물고 빨기 시작했다.

"좋았어. 이제 살짝 변화를 꾀해 봐야겠네."

나는 손가락을 아나스타샤 입 밖으로 꺼내고, 대신 젖병을 물렸다. 하지만 크게 달라지지 않았다.

"괜찮아. 우리 지금 연습하는 거니까. 네 엄마가 널 얼마나 사랑하는지 아니? 네 엄마는 접이식 아기침대를 다이너에 질질 끌고 왔어. 덕분에 일하는 동안 넌 이곳에 있는 거야."

이제 아나스타샤는 나를 뻔히 쳐다보며 살짝 웃고 있었다.

"또 한 가지 말해 주자면, 너 그거 알아? 네 엄마는 팔에 대형 접시 네 개를 얹고도 오렌지 조각 하나 떨어뜨리지 않고 나를 수 있어. 너한테는 널 위해 싸우고 있는 정말 멋진 사람이 곁에 있어. 그거야말로 아이가 살아가면서 가질 수 있는 최고지. 아이를 위해 싸우는 사람. 이 젖병 다시 빨아 봐."

아나스타샤는 이번에는 주저하지 않고 젖병을 물고, 내가 지금껏 지켜본 것 중 가장 오랫동안 젖병을 빨았다.

아나스타샤는 나를 쳐다보며 계속 빨아 먹었다. 나는 기회를 봐, 아나스타샤의 작은 손을 젖병에 올리고 단단하게 눌러 줬다. 아나스타샤가 이해하도록.

"자, 아나스타샤, 젖병을 잡아 봐."

문득 이 아기가 젖병을 스스로 잡는 게, 이 세상에서 가장 중요한 일처럼 생각되었다.

내 뒤에서 누군가 훌쩍였다. 돌아보니 루 엘렌이 눈물을 줄줄 흘리며 문가에 서 있었다.

나는 뭐라고 말해야 할지 몰랐다.

"루 언니는 정말 좋은 엄마예요."

루 엘렌이 고개를 저었다.

"호프 네가 좋은 사람이야. 정말이야, 나도 그건 알아."

나는 젖병에서 손을 뗐다. 마법처럼 몇 초 동안 아나스타샤가 혼자 젖병을 빨아 먹었다. 루 엘렌은 문가에 서서 흐르는 눈물 사이로 환하게 웃어 보였다.

나도 아나스타샤에게 웃어 보이며, 울지 않으려 꾹 참았다.

그 생각이 계속 머릿속에서 떠나지 않았다.

엄마도 날 위해 운 적이 있을까?

나는 천천히 뒤쪽 계단으로 올라가, 우리 방으로 뛰어들었다. 모든 것에 완전히 지쳤다. 나는 낮잠을 절대 자지 않는다. 하지만 오늘은 좀 잘 생각이다.

　부드럽고 깨끗한 침대로. 나는 신발을 벗고, 낮잠을 잘 준비를 했다.

　"마음 단단히 먹어."

　애디 이모가 부엌에서 내게 말했다.

　"뭐라고?"

　이모가 돌처럼 굳은 얼굴로 들어섰다. 나쁜 징조다.

　"단도직입적으로 말할 수밖에 없구나, 호프. 네 엄마가 이곳으로 오고 있어."

　"뭐라고?"

　"네 엄마가 이 마을에서 어떤 일이 일어나고 있는지 읽었대. 세인트루이스에서 오는 중이야."

　방에 엄청난 먹구름이 내려앉는 기분이었다.

　엄마가 손톱을 손질하며, 내게 사랑한다고 말하는 모습을 보게 될까.

　"난 지금 엄마 보고 싶지 않아, 이모."

　"네 엄마가 언제 허락받고 온 적 있니. 너도 잘 알잖아."

　"엄마가 찾아오는 게 얼마나 이상한지 이모도 잘 알잖아."

　"네 엄마가 오고 있어, 호프. 여기서 며칠 묵을 거야."

　나는 절망에 벌러덩 드러누웠다. 한여름인데도 뼈가 시렸다.

　나는 아빠가 오기를 바랐다. 엄마가 아니라.

다음 날, 나는 테이블에 접시를 쾅쾅 내려놓았다. 브레이버먼이 주방에 돌아왔다. 브레이버먼을 다시 보니 좋았다. 나를 '선샤인'이라고 부르기 전까지는. 그 말을 듣고 나는 꺼지라고 말했다.

나는 스트레스를 받지 않으려 최선을 다했다. 플로한테 멍청이 금발 미인 잡담을 지껄이는 식스 탑에 앉은 트럭 운전사들을 맡아 달라고 했다.

루 엘렌한테는 10번 테이블의 일곱 살도 안 된 아이 다섯 명을 데리고 온 어린 엄마를 서빙하면, 내가 보답하겠다고 말했다.

교대까지 한 시간이 남았다. 나는 어떻게든 끔찍한 일을 벌이지 않았다. 두 손을 꽉 쥐었다 풀며 긴장을 떨쳐 버리려 했다. 권투 글러브가 간절했다. 나는 샌드백을 두드려 패고 싶었다.

그때 잘난 기자 하나가 마치 자신이 신이 내려준 저널리즘계의 선물이라도 되는 것처럼 웰컴 스테어웨이즈 다이너 안으로 들어섰다. 애덤이 스툽 선거운동 배지를 달고 문밖으로 나가고 있었다.

기자가 애덤을 멈춰 세우고는 '이 선거운동에 참여하는 평범한 미국인들'과 이야기를 나누고 싶다고 하자, 애덤이 나를 가리키며 말했다.

"호프가 평범한 사람이죠."

이런, 엄청 고맙군.

기자는 어슬렁어슬렁 다가와 내게 대단히 미국적인 평범한 청소년으로서, 선거운동을 어떻게 하냐고 질문을 퍼부었다. 나는 독특해 보이려 노력하며, 스툽 사장이 진실만을 말하고 편파적이지 않고, 마을을 하나로 단합시키기 위해 애를 쓴다고 말했다.

"스툽 사장님은 다른 수많은 정치인들처럼 속임수를 쓰지 않아요. 정말로 사람들을 도와주고 싶어 해요. 권력이나 명예를 위해 시장에 출마한 게 아니에요."

"스툽 씨는 지금 어디 있니?"

기자가 물었다.

스툽 사장은 컨디션이 별로여서 위층에서 낮잠을 자고 있었다. 나는 그 사실을 말하는 게 머뭇거려졌다.

그러다 문득, 사장님이 분명 진실을 원할 거라는 생각이 들어 사실대로 털어놓았다.

"그렇다면 넌 어떻게 몸이 안 좋은 사람에게 이 마을이나 어디든, 이끌어 달라고 바랄 수 있지?"

기자는 조롱하듯 물었다.

내 마음이 꽁꽁 닫혔다.

기자는 질문을 이해했는지 다시 물었다. 나는 대답 대신 기자의 잔에 커피를 따랐다.

"청소년이 이 선거운동에 그렇게 열심히 참여하고 싶어 하는 이유가 뭐지?"

내 얼굴이 붉게 달아올랐다.

기분 나쁜 표정을 기자한테 겨눈다.

"왜냐하면 이 선거운동에 참여하기 전
까지, 나는 시민이 뭘 뜻하는지 결코 한
번도 생각해 본 적이 없었으니까요.
그냥 당연한 존재라 생각했어요.
그런데 이제야 처음으로 내가
이 선거 과정에 참여하는 게
정말 필요하다는 걸 알았
어요. 사회에서 내 위
치를 생각해 보게 되었
어요. 부패에 대해서는
'노!'라고 당당하게 말
해야 해요. 비록 주변
에 부패가 가득할지라
도요. 스툽 사장님의
말을 귀담아듣는다면,
기자 아저씨는 존경받
는 사람으로 산다는 게
얼마나 중요한지 깨달
을 거예요. 진실을 위
해 싸우게 될 거예요.

너무나 많은 정치인들이 사람들의 신뢰를 저버려서 화가 날 거라고요."

"너 투표할 나이는 되었니?"

기자가 물었다.

"아니요. 우리 애들 중에는 아무도 없어요."

브레이버먼이 주방에서 커다랗게 헛기침을 했다.

"쟤는 빼고요."

나는 마치 확인할 게 있는 것처럼 주문장을 살펴보았다. 왠지 이 기자가 싫었다. 믿음이 안 갔다.

"만약 스툽 씨가 죽으면?"

기자는 자기랑 아무 상관없는 일인 것처럼 물었다.

나는 그 질문에 대한 대답은 아예 생각하고 싶지 않았다.

기자는 자리에서 일어나 기다렸다. 답을 듣기 전에는 나가지 않을 거다.

나는 주문장을 꽉 잡았다.

"그럼 여기 모두가, 스툽 사장님을 아는 모두가 깨닫게 되겠죠. 우리를 배신하지 않은 사람이 있었다는 것을, 닫힌 문 뒤에서 부정하게 행동하지 않은 사람이 있었다는 것을요. 저는 기자 아저씨가 어디서 왔는지 몰라요. 어떤 사람이 아저씨를 보냈는지도 몰라요. 하지만 저는요, **평범한 청소년으로서**, 사람들 속에는 그 어디든 진실한 사람이 있다는 걸 알아요. 그 사람은 믿고 의

지할 수 있고, 모든 걸 가치 있게 만들어 줘요."

기자가 내 말을 받아 적었다.

"아저씨가 제대로 이해하셨으면 좋겠어요."

내가 말했다.

기자는 씩 웃었다. 비웃음이 아니었다. 놀라움이 묻어난 웃음이었다.

"네가 그 사람을 위해 싸워 주니, 스톱 씨는 행운아로구나. 기사에 네 이름 써도 될까?"

당연히 내 이름을 알려 줬다.

"호프라, 이곳에는 희망이 무척 많은 것처럼 보이는구나."

기자가 받아 적으며 말했다.

주방에서 냄비를 부딪치는 소리가 들려왔다.

"제대로 이해하셨네요!"

브레이버먼이 소리쳤다.

나는 브레이버먼과 함께 웰컴 스테어웨이즈 다이너 문을 닫고, 케첩과 머스터드 병을 씻고, 설탕 그릇에 설탕도 채워 넣었다. 브레이버먼이 양조장 모자를 쓰고는 내게 괜찮냐고 물었다.

"우리 엄마가 날 보러 오고 있어."

"그게 좋은 거야, 나쁜 거야?"

"나쁜 거야…… 어쩌면 좋기도 하고. 나도 모르겠어."

브레이버먼이 카운터에 앉아 큼지막한 두 손으로 이마의 붕대를 풀었다. 긴 흉터가 다 나으려면 한참 걸릴 거다.

"우리 아빠도 그런 식이야."

"아…… 미안."

"난 견뎌 내. 달리 뭘 할 수 있겠어?"

브레이버먼이 자기 두 손을 꽉 움켜쥐었다.

"나도 우리 엄마 잘 견뎌 낼게. 엄마한테도 나름 괜찮은 부분이 있어."

"너랑 애디 아줌마가 이곳에 오기 직전에 아빠를 만났어. 아빠가 다이너로 왔어. 나는 폭찹 샌드위치를 만들어 드렸지. 아빠가 그 샌드위치를 아주 좋아하셨어. 만드는 법을 묻더라고. 우리는 식사를 하며 이런저런 이야기를 나눴어. 정말 성공한 이곳에서 아빠를 만나서 남달랐던 것 같아."

"난 엄마를 어디서 봐야 할지 모르겠어."

"너도 여기에서 만나, 호프. 네가 일하는 모습을 엄마에게 보여 드려. 넌 내가 지금껏 본 서른 살 아래로 최고의 웨이트리스야."

"고마워, 브레이버먼."

나는 브레이버먼한테 실토해야 했다.

"엄마는 내 이름을 튤립이라고 지어 줬어."

브레이버먼이 고개를 위로 들어 올렸다. 어떤 의미인지 모르겠다.

"튤립. 꽃 이름이야. 12년 동안 내 이름이었어. 난 그 이름이 너무 싫었어. 엄마가 이곳에 오면, 분명 날 튤립이라고 부를 거야."

브레이버먼은 웃음을 꾹 참고 있는 표정이었다.

"웃을 일이 아니야, 브레이버먼."

"나 웃으면 안 될까?"

브레이버먼은 내 말을 기다리지 않았다. 곧장 참지 못하고 웃어 젖혔다.

"살아오면서 들어 본 최악의 이름이다! 네 엄마한테 말해, 호프. 절대 다시는 그렇게 부르지 말라고."

브레이버먼은 온몸으로 크게 웃었다.

나는 시선을 떨구었다. 브레이버먼은 우리 엄마 디나의 말발을 몰랐다.

"튤립이라니! 도대체 너희 엄마는 무슨 생각을 하신 거야?"

브레이버먼이 숨이 차 헐떡거리며 물었다.

나도 이제 웃음이 터져 나왔다. 지금껏 이런 터무니없이 어리석은 이름 때문에 웃어 본 적이 한번도 없었다.

"봄에 튤립이 필 때면 구역질이 나곤 했어. 아름다운 정원 사이를 걸으며 확 토하고 싶었어. 부활절은 내게 고문이나 다름없었다고."

브레이버먼은 옆구리를 잡고 깔깔 웃더니 마침내 침착하게 말했다.

“하지만 넌 이겨 냈잖아.”

나는 브레이버먼을 쳐다보았다.

“넌 더 이상 튤립이 아니야. 너의 엄마가 뭐라 부르든 상관없이 말이야.”

브레이버먼이 맞다.

브레이버먼은 모자를 벗고 까딱 고개를 숙였다.

“내 생각에, 호프는 네게 완벽하게 어울리는 이름이야.”

그렇게 말하고는 문밖으로 걸어 나갔다.

그 말에 내 심장이 두근두근 뛰었다.

15

엄마가 나를 보기 전에, 내가 먼저 엄마를 봤다.

엄마는 먹물처럼 까만, 곧고 긴 머리카락을 찰랑거리며 웰컴 스테어웨이즈 다이너로 걸어 들어왔다.

딱 달라붙은 청바지에 하이힐, 비즈 장식이 달린 티셔츠를 입고 선글라스를 꼈다. '광란의 마이애미'라는 글씨가 박힌 커다란 천가방을 들었다.

큼지막한 귀걸이에다, 왼팔에는 팔찌를 주렁주렁 달아서 소란스러웠다. 그 때문에 엄마가 카운터로 다가오자, 다이너 안에 있던 사람들이 쳐다보았다.

엄마는 카운터 의자에 털썩 내려앉아 선글라스를 벗었다. 마스카라 덕분에 눈이 짙고 커 보였다. 나는 커피머신 옆에 서서, 나를 낳아 주었지만 아무런 유대감도 없는 여인에게 본능적으로 끌렸다.

애디 이모가 주방에서 프라이 뒤집개를 들어 올렸다. 요리사의 인사법이다.

엄마가 반갑다며 손을 흔들었다.

내 차례다.

기억하자, 나는 다짐했다. 우물은 말랐다.

나는 뭐든 들어야 했기에, 커피 주전자를 들고 카운터로 걸어 갔다. 엄마의 관심을 어떻게 끌지 확신이 없었다. 엄마는 마치 멋진 미스터리 소설을 읽기라도 하는 것처럼 메뉴를 보고 있었으니까. 3년 하고도 6개월 동안 보지 못한 친엄마가 딸을 찾지도 않고 카운터에 앉아 있다면, 뭘 하지?

나를 보러 온 게 아니라 점심을 먹으러 온 것 같았다.

"안녕, 엄마."

엄마가 익숙하지 않은 단어를 듣고 고개를 획 들어 올렸다. 안녕이라는 단어 말고 엄마라는 단어 말이다. 엄마의 눈이 휘둥그레졌다. 엄마는 새빨간 긴 손톱으로 내 손을 꽉 움켜잡았다.

"세상에, 정말 너니? 못 알아보겠구나!"

엄마는 엄마처럼 굴었다.

"저 맞아요."

나는 힘없이 웃으며 말했다.

"튤립, 정말 못 알아보겠다."

나는 엄마 손을 잡았다.

"제 이름은 이제 호프예요, 엄마."

"그래, 나도 알아. 하지만 익숙해지지가 않네."

"익숙해지면 좋겠어요."

엄마는 익숙해지는 걸 좋아하지 않는다.

엄마의 연푸른 눈동자가 빛을 잃었다.

엄마는 손을 치웠다.

엄마는 가짜 웃음을 지으며 말했다.

"노력해 볼게."

그래야 해요.

언젠가 분노에 관한 책을 읽은 적이 있다. 사람들은 분노를 느끼지만 그 사실을 부인하고 다른 식으로 분출한다고. 책에서는 그걸 '수동적 공격성*'이라고 했다.

이제 엄마는 마치 내가 거기 없는 것처럼 다시 메뉴를 살펴봤다. 나는 소리치고 싶었다.

왜 굳이 돌아온 거예요? 왜 그냥 영원히 사라지지 않는 거예요?

엄마는 구운 치킨 샌드위치(세몰리나** 롤빵, 아보카도, 망고 마요네즈)에 고구마 칩과 아이스티를 주문했다. 마치 내가 자기 딸이 아닌 것처럼 주문했다.

나는 눈물을 꾹 참고 주방으로 걸어갔다. 스스로를 다독여야

---

*고의적 지연처럼 겉으로 드러나지 않게 소극적인 방식으로 적대감을 표출하는 행동이다.

**마카로니·푸딩용의 굵게 간 밀가루.

했다.

분주한 점심시간에 절대 울어서는 안 된다.

나는 엄마의 주문을 브레이버먼과 애디 이모한테 전했다. "망고 마요네즈는 따로요"라고 말할 때, 슬픔에 무너져 내릴 뻔했다.

이모가 앞으로 몸을 숙였다.

"좀 쉴래?"

나는 고개를 저었다. 혼자 있고 싶지 않았다.

나는 스위트 피클 렐리시 소스가 든 커다란 리필 주전자를 든 채 거기 서 있었다. 엄마가 움직일 때마다, 찰랑거리는 소리가 들려왔다.

브레이버먼이 말했다.

"너 어릿광대 되고 싶어?"

"뭐라고?"

브레이버먼이 빨간색 스펀지 광대 코 하나를 꺼내, 자기 코에 끼우고는 눈썹 하나를 치켜올렸다.

완전 웃겨 보였다.

나는 쿡 웃음을 터뜨렸다.

브레이버먼이 광대 코를 벗어 내게 건넸다.

"잠깐 이거 껴."

"지금?"

"응."

나는 빨간색 광대 코를 손에 들었다. 점심시간의 한바탕 소동이 여기저기에서 몰아치는 동안, 나는 한참이나 그대로 서 있었다.

이윽고 광대 코를 내 코에 끼고 브레이버먼을 바라보았다. 브레이버먼이 낄낄 웃었다.

애디 이모도 쿡 웃음을 터뜨렸다.

내가 돌아설 때 플로가 모퉁이를 돌아오고 있었다. 갑자기 멈
춰 서서 나를 보더니 활짝 웃었다.

내 마음은 깨지고 있었지만, 이 광대 코에는 힘이 있었다.

나는 광대 코를 달고 카운터에 섰다. 엄마를 포함해 손님들 얼
굴을 본다. 모두 나를 가리키며 웃었다.

엄마가 낄낄거리기 시작했다. 나는 손님에게 얼음물을 가져다

주며 몸을 빙그르르 돌렸다. 빨간색 광대 코를 끼고 있으면 누구나 이렇게 할 수 있다.

내 동작이 점점 커지고, 아이들이 손으로 가리키며 웃는 게 느껴졌다. 주방에서 종이 두 번 울렸다. 내 주문이다.

나는 주방으로 가서 망고 마요네즈를 따로 놓은 엄마의 주문 음식을 집어 들었다. 그리고 엄마 앞에 가져와, 마치 엄마가 정말 중요한 사람인 것처럼 카운터를 수건으로 훔쳐 내고는 접시를 멋지게 내려놓고 고개를 숙였다.

"내 딸이에요, 딸아이 이름은…… 호프예요."

엄마가 중간에 멈칫하며, 옆에 앉은 남자에게 말했다.

"멋진 이름이군요."

남자가 대꾸했다.

그 말에 나는 날아갈 듯 기뻤다.

나는 카운터 손님들에게 커피를 따라 주고, 모퉁이 테이블에 앉은 커플에게 디저트를 추천하고, 포장 주문을 재빨리 처리하고, 젖니가 난 아기에게 얼음덩어리를 빨아 먹으라고 곧장 가져다주었다.

엄마가 나를 지켜보고 있었다. 아무것도 떨어뜨리지 않고, 아무것도 흘리지 않았다. 게다가 6번 테이블 손님이 식사를 끝내기 전에 유리가 접시를 치웠을 때도 화를 내지 않아 다행스러웠다.

내가 마음을 다잡고 6번 테이블로 다가가 죄송하다고 말하고,

음식을 좀 더 가져다주겠다고 하자, 손님들은 웃으며 그러라고 했다. 그 손님들은 바쁠 게 없었다.

모두 나를 지켜보고 팁을 두둑하게 주었다.

꼬마 아이가 말했다.

"여자 광대가 있을 줄 몰랐어요."

꼬마야, 가지 말고 좀 더 있으렴. 넌 굉장한 걸 보게 될 거야.

나는 아이스크림 코너로 우스꽝스럽게 걸어가, 접시에서 마라스키노 체리를 집어 들었다. 그리고 꼬마가 앉은 테이블로 다시 어기적어기적 와서, 꼬마의 코에 체리를 톡 떨어뜨렸다.

다른 아이들이 우르르 몰려와 그 코를 만졌다. 나는 그 아이들에게도 체리를 하나씩 주었다. 아이들은 모두 주위를 돌아다니며 코에 얹은 체리를 잡으려 했다. 모두 광대의 영광에 푹 빠졌다.

그때 스툽 사장이 무척 지친 표정으로 다이너로 들어왔다가 내 모습을 보고는 웃기 시작했다.

내가 사람들에게 고개를 숙여 인사하자, 여기저기서 박수갈채를 보냈다. 나는 광대 코를 벗어 브레이버먼에게 돌려주었다.

"네가 가져."

브레이버먼이 말했다.

나는 실망을 희망으로 바꾸어 준 빨간색 스펀지 공을 생각하며 그곳에 서 있었다.

나는 엄마와 함께 모퉁이 테이블에 앉았다. 애디 이모도 잠시 함께했지만, 저녁시간을 위해 앙트레를 준비해야 했다. 둘은 정말 우스꽝스러운 관계였다. 나는 엄마가 이모를 힐끔거리는 걸 알아차릴 수 있었다.

엄마는 항상 애디 이모의 표정을 보며 자기가 한 말에 대한 반응을 살폈다. 나는 이모가 절대 엄마 말을 믿지 않는다는 것도 알아차릴 수 있었다.

엄마가 떠날 시간이 거의 다 되었다.

엄마는 새로 사귄 남자친구 에두아르도를 만나기 위해 세인트루이스까지 차를 몰고 가야 했다. 엄마는 이름이 모음으로 끝나는 남자들을 좋아했다.

"디노 아저씨하고는 어떻게 되었어요?"

내가 물었다. 그 사람은 엄마가 지난번에 말한 남자였다.

엄마는 손톱으로 테이블을 톡 쳤다.

"옛날이야기야."

나는 광대 코를 다시 끼고 싶다는 생각이 두 번 들었다.

처음 그 생각이 든 건 권투에 대해 이야기를 할 때였다.

"아직도 권투 하니?"

"오래전에 그만뒀어요."

"다행이다. 난 네가 권투를 하는 게 정말 걱정스러웠어. 너한테 말할 수는 없었지만. 넌 정말 단단히 화난 아이였어."

엄마는 늘 이렇게 옛일을 떠올리게 한다.

"다 지난 일이에요, 엄마."

두 번째는 엄마의 애정이 담긴 작별인사 때였다. 엄마는 가야 하는 게 정말 싫다며, 나를 만나서 정말 반가웠다고 조만간 또 만나자고 계속 말했다.

하지만 최고의 순간은 엄마가 웨이트리스로서 조언을 해 줬을 때다. 나는 그 말을 내 주문장 뒤에 적어 두었다. 나중에 '최고의 엄마 책'에 옮겨 쓸 거다.

레몬 조각을 잘라 카운터 아래에 보관해 둬. 그러면 필요할 때 주방으로 가지 않아도 돼. 시간이 절약되거든.

손님이 머리 아플 때를 대비해서 주머니에 타이레놀을 챙겨 둬. 필요한 손님한테 주면, 팁으로 돌아오게 될 거야.

손님한테 어떤 드레싱을 주느냐고 물어보지 마. 드레싱이 뭐가 있는지 말해 줘. 손님은 새로운 드레싱을 먹어 보고 고마워할 테니까.

엄마는 나를 재빨리 살짝 안았다. 그건 사람들이 자기 자신 또는 상대방에 대해 확신하지 못할 때 하는 포옹이다. 엄마는 애디 이모한테도 똑같이 그렇게 포옹했다.

그러고는 내게 말했다.

"넌 이제 꽤 웨이트리스다워 보이는구나."

엄마는 엄청난 향수 구름을 남기고 떠나갔다.

엄마가 손님들을 대할 때처럼, 나를 대해 줬으면 좋겠다.

나한테도 뭐가 필요한지 물어봐 줘요.

시간을 내어 내가 정말 어떻게 하고 있는지 보라고요.

내가 얼마나 간절히 진짜 부모님을 알고 싶어 하는지 보라고요.

하지만 '진짜'라는 단어는, 마치 애디 이모가 내게 제대로 해 주지 못하는 것처럼 보이게 한다. 그건 거짓말이다. 이모는 모든 걸해 줬다.

내가 말하는 건 생물학적 부모를 알고 싶다는 의미다.

하지만 외식업계에서 일하면, 그다지 친절하지 않은 손님을 대하면서 이따금 보상을 받게 된다는 사실을 알게 된다.

카운터의 외로운 늙은 여자는 내가 웃어 보이면 그냥 얼굴이환해진다. 꽥꽥 소리 지르는 갓난아이를 안은 피곤에 지친 엄마는 또 다른 아이가 어질러 놓은 걸 내가 치울 때 내 손을 꽉 잡아준다.

내가 웨이트리스 일을 하며 가장 좋은 게 뭔지 아는지? 일을할 때, 내 자신을 그렇게 많이 생각하지 않는다는 사실이다. 나는 손님을 생각한다.

나는 손님의 삶을 달라지게 하려면 어떻게 해야 하는지 생각하고 또 생각한다.

나는 엄마가 뽐내며 웰컴 스테어웨이즈 다이너를 나가는 모습을 지켜보았다.

서글프기도 하고 홀가분하기도 했다.

환영합니다, 친구! 어느 길에서 오셨든, 주님의 은총이 여러분의 여정에 충만하기를 바랍니다.

나는 주머니에서 광대 코를 꺼내 얼굴에 붙이고, 뒤쪽 계단을 올라가 방으로 갔다.

16

8월이 다가왔다.

뉴욕에서 그랬던 것처럼 덥고 끈적끈적했다.

나는 주방에 있다가 막 쉬러 나가려고 했다. 브레이버먼은 그릴에서 요리하고 있었다.

애디 이모와 스툽 사장도 주방에 있었다. 둘의 관계는 이제 훨씬 좋아졌다. 스툽 사장은 주방 일에 간섭하지 않았다. 스툽 사장은 이모가 만든 두툼한 미트로프 한 덩어리와 그 영광스러운 애플파이 한 조각을 먹고 있었다.

내가 쉴 때 먹으면 무척 좋을 것 같았다. 나는 미트로프와 애플파이를 각각 자른 다음 말했다.

사장님이 말했다.

"아, 이건 우리나라 최고의 미트로프예요."

이모는 다음 말을 기다렸다. 왜냐하면 왜냐하면 사람들은 항상 이모의 애플파이에 대해 이보다 훨씬 근사한 말을 했으니까.

"이건 당신이 만든 요리 중에 내가 가장 좋아하는 거예요."

스톱 사장이 미트로프를 한 조각 더 썰며 말했다.

만약 이게 만화였다면, 애디 이모의 귀에서 김이 모락모락 피어오르고 있을 거다.

"파이는 어때요?"

이모가 큰 소리로 물었다.

"아, 괜찮은 파이예요. 난 파이도 좋지만, 미트로프가 단연 최고예요."

나는 스톱 사장한테 파이에 대해서도 뭔가 더 근사한 말을 하라고 신호를 보내려 했다.

"대부분의 사람들은 파이가 내 레퍼토리에서 아주 뛰어나다고 한다고요."

이모가 으르렁거렸다.

"사람들이 미트로프를 못 먹어 봐서 그래요."

이모는, 정말이라며, 사람들은 이미 미트로프를 먹어 봤다고 말했다.

스톱 사장이 껄껄 웃었다.

"아, 세상에 애플파이는 엄청 많아요. 여기……."

스톱 사장은 그제야 깨닫고 말을 이었다.

"하지만 당신 애플파이가 제일 맛있어요."

이모는 스톱 사장이 그렇게 말해 줘서 좋다고 했지만, 꼭 그런 것 같지는 않았다.

"아, 그래요. 당신 파이가 단연 으뜸이에요."

스툽 사장이 큰 소리로 말했다.

이모는 그렇게 칭찬해 주니 고맙다고 했다. 분명 애플파이는 칭찬을 받을 만했다. 하지만 그다지 특별한 건 아니었다.

그때 스툽 사장이 차분하게 말했다.

"애디, 당신을 곤란하게 만들고 싶은 건 아니에요. 내키지 않으면 싫다고 말해도 되는데, 나랑 함께 저녁 식사 할래요?"

브레이버먼은 그 자리에서 얼어붙었다.

플로는 커피를 준비하다 멈추었다.

이모는 스툽 사장을 똑바로 쳐다보며 날마다 같이 저녁을 먹지 않느냐고 물었다.

"내 말은, 레스토랑에서요."

스툽 사장이 웃으며 말했다.

이모는 자기 요리에 무슨 문제라도 있느냐고 물었다.

누가 이모한테 저녁 먹으러 나가자고 한 건 백만 년 만이었다. 나보다 훨씬 오래됐다.

스툽 사장은 30분 정도 떨어진 레딩에 썩 괜찮은 양 정강이살 요리를 하는 레스토랑이 있다고 했다. 물론 이모의 음식만큼 좋지는 않지만 어떠냐고.

"난 아직 파이랑 해시 브라운 세 개를 더 만들어야 해요. 속에

생쌀을 채운 로스트 치킨 두 개도 베이스팅* 해야 하고요."

"그럼, 그거 다 하고 나서요."

애디 이모는 좋다고 말했다. 저녁 8시에 주차장에서 만나기로 했다. 스툽 사장이 문 앞으로 데리러 가도 되겠냐고 물었다.

"주차장 아니면 관둬요."

애디 이모가 말했다.

스툽 사장은 고개를 끄덕이고는 뒷문으로 향했다.

이모는 냉장식품보관실로 걸어가 문을 쾅 닫았다.

나는 꼼짝 않고 그 자리에 서 있었다.

"둘은 썩 잘 어울려."

주방 창구에서 플로가 말했다.

나는 한번도 그런 생각을 해 본 적이 없었다.

카운터에서 플로를 붙잡고 물었다.

"어떻게 저 두 사람이 어울린다는 거예요?"

플로는 웃으며 대답했다.

"두 사람은 음식을 무지 좋아해. 둘 다 일밖에 몰라. 둘 다 개성이 무척 강하고, 상대방의 스타일을 즐기는 법을 알게 되었어. 넌 도대체 눈치를 어디다 삶아 먹었니?"

"사장님이 너무 뜸을 들였어."

---

*녹인 버터나 지방으로 음식물을 요리하면서 스푼으로 고기나 음식물에 지방을 끼얹어 마르는 것을 방지한다.

루 엘렌이 끼어들었다.

누구도 내게 물어본 적은 없었지만, 이게 썩 괜찮은 건지 확신할 수 없었다.

우선 첫째로, 백혈병이 문제다.

나는 마요네즈를 꺼내러 비품창고로 갔다. 생각할 곳이 필요했으니까.

나는 소스와 머스터드를 살피며 이 모든 일이 어떻게 시작되었는지 궁금했다.

어쩌면 이모가 열심히 일하니까 스툽 사장이 그저 친절하게 대하는 건지도 몰랐다. 하지만 그 이상의 뭔가가 있다는 느낌이 들었다.

스툽 사장이 물어볼 때, 애디 이모의 얼굴은 철 지난 딸기처럼 온통 붉어졌다. 그리고 살짝 나긋나긋해 보이기도 했다.

이모는 남자들 때문에 마음고생을 했다. 몇 년 전, 자신을 차버린 쓸모없는 남편 말콤이 죽었다는 사실을 알았을 때, 대성통곡했다. 사랑 때문이 아니라 둘 사이에 낭비한 그 모든 것들 때문에. 이모는 이혼을 생각했지만, 13년 동안 그 남자가 어디 있는지 알지 못했다. 그 남자를 법적으로 사망신고를 할 생각이었다고 했다. 이모 말에 따르면, 푹신한 안락의자에 고꾸라져 축구를 보는 그 남자의 모습을 보았다면, 누구라도 그 남자가 죽었을지도 모른다는 생각이 들 수 있다는 것이다. 실제로 한번은 애디 이모가 자신의 손거울을 그 남자 코 밑에 넣어 숨을 쉬는지 확인한 적도 있다고 했다.

나는 누구든 상처받는 게 싫다. 그리고 어떤 것도 실제보다 더 복잡해지는 게 싫다.

브레이버먼이 뭘 찾으러 비품창고에 왔다. 브레이버먼도 모두 다 들었다.

"그 얘기 하고 싶지 않아, 브레이버먼."

브레이버먼은 마치 숨이 막히기라도 하듯 목청을 가다듬었다.

나는 하임리히요법*을 배울 때처럼, 어디 불편한 곳이 있는지 브레이버먼을 살폈다. 브루클린의 블루박스 다이너에서 이란계 택시 운전사한테 하임리히요법을 한 적이 있었다. 그 아저씨는 닭 뼈가 목에 걸렸는데, 내가 하임리히요법을 하지 않았으면 죽었을지도 몰랐다.

브레이버먼의 숨소리는 괜찮았다. 그저 이상하게 행동할 뿐이었다.

마침내 브레이버먼이 말했다.

"호프, 나랑 언제 같이 저녁 먹을래?"

나는 플라스틱 병을 떨어뜨렸다.

우리는 바닥에 떨어진 병을 바라보았다. 누구도 병을 집어 들

---

*약물이나 음식이 목에 걸려 질식 상태에 빠졌을 때 하는 응급처치법.

지 않았다.

"그러니까 내 말은, 우리가 일하며 함께 저녁을 많이 먹었다는 거 나도 알아. 그래서 말인데, 밖에 나가서 함께."

브레이버먼은 병을 집어 들고 내게 건네며 말했다. 그리고 기침을 하며 덧붙였다.

"나랑 사귀자."

내가 말했다.

"이건 뭐지? 유행병이야?"

그러고는 브레이버먼을 비품창고에 내버려 두고 문밖으로 나왔다. 나는 데이트 신청을 그다지 많이 받아 보지 못했다.

애디 이모가 저녁 식사를 끝내고 방으로 휙 들어왔을 때는 새벽 1시였다.

내가 이모를 기다리거나 뭐 그랬던 건 아니다.

나이 많은 사람이라도 새벽 1시면 집에 돌아오는 시간으로는 좀 늦었다고 생각했다.

"괜찮았어?"

이모한테 물었다.

"응, 괜찮았어."

"괜찮았다는 게 구체적으로 무슨 뜻이야?"

"우리 특별한 시간을 보냈어."

나는 월그린 쇼핑몰에 가서도 특별한 시간을 보낸 적이 있었다.

"말해 봐, 뭐라도!"

내가 졸라 댔다.

"우리가 함께 저녁 먹은 게 신경 쓰이니?"

"응."

"음, 나도 신경 쓰여. 나 자러 갈게."

이모는 그대로 자러 갔다.

나는 신호가 뒤죽박죽인 세상에 살고 있다.

브레이버먼은 괜찮다고 말했지만 싹 달라졌다.

나랑 눈도 마주치지 않았다. 그저 내 주문에만 자그맣게 대꾸했다.

마요네즈 곁들이는 거 맞지?

버거는 미디엄 레어야?

스툽 사장과 애디 이모 사이는 알아차리기 힘들었다.

스툽 사장님이 주방에서 이모를 껴안는 모습을 한 번 본 적이 있다.

이모가 폭찹 샌드위치 레시피를 바꾸려고 하자, 둘이 엄청나게 싸우는 걸 두 번 봤다. 이모는 전통적인 딱딱한 롤빵 대신 세몰리나 롤빵을 쓰려고 했지만, 스툽 사장이 두 번 다 이겼다. 스툽 사장은 어떤 것들은 더 나아질 필요가 없다고 했다.

내게는 확실히 나아지게 할 뭔가가 필요했다.

밤 10시 30분.
브레이버먼이 그릴을 청소하고 있었다.

플로는 마지막으로 소금 통을 채운 뒤 손을 흔들어 인사하고는
퇴근했다. 나는 주머니에서 광대 코를 꺼내 끼고, 주방으로 살금
살금 걸어 들어가 브레이버먼의 등에 대고 말했다.

"내가 사과할게."

브레이버먼은 살짝 몸이 뻣뻣해지더니, 뒤돌아섰다.

나는 치약 광고 웃음을 지어 보였다.

브레이버먼의 얼굴에서 긴장이 사라졌다. 웃기 시작했다.

나는 활짝 웃어 보였다.

"내가 아는 정말 멋진 남자가 내가 흔들리지 않게 이 광대 코를 줬어."

"효과가 있네."

브레이버먼이 말했다.

나는 숨을 크게 쉬었다.

"너한테 말하고 싶어. 나도 너랑 사귀고 싶어, 브레이버먼. 하지만 두려워. 그래서 네가 사귀자고 했을 때 멍청하게 굴었던 거야."

"우리가 함께 일하니까?"

"응."

"나도 그 점이 걱정스러웠어."

나는 광대 코를 떼어 내고, 좀 더 매력적으로 보이려고 노력했다.

"그게 왜 걱정됐는데?"

브레이버먼이 한숨을 쉬며 대답했다.

"그게 문제가 될 수도 있거든."

나는 한 발 더 바짝 다가갔다.

"내가 언제나 호프 네 주문을 먼저 요리해야 한다고 네가 생각할 수도 있거든."

"그리고 너는 짜증나는 일이 있을 때 내가 널 귀찮게 하지 않을 거라고 생각할 수도 있고."

브레이버먼이 웃었다.

"난 한번도 그렇게 생각해 본 적 없는데."

우리는 그대로 서서 서로를 보며 환하게 웃었다.

브레이버먼이 텅 빈 다이너를 내다보았다.

"우리 미리 연습해 봐도 되는데. 너 배고파?"

"응……."

"둘 다 폭찹 샌드위치로 할까?"

내 심장이 뒤로 벌러덩 넘어갔다.

"완벽해."

브레이버먼은 냉장고에서 재료를 꺼내, 스툽 사장의 친숙한 연육액에 넣고, 소금과 후추를 뿌리고 나서 그릴을 켰다. 브레이버먼은 아무 말도 하지 않고, 그저 즉석요리 전문 요리사가 춤추는 듯한 율동으로 움직였다.

나는 사실 심장이 콩닥콩닥 뛰었다. 웃음을 멈출 수 없었다. 샐러드 두 개를 준비해, 그 위에 애디 이모의 특별 머스터드 비네그레트 소스를 뿌리고, 토마토를 올렸다.

브레이버먼은 선반에서 깨끗한 접시받침 두 장을 꺼내, 멋진 식탁보처럼 2번 테이블에 다이아몬드 패턴으로 깔았다. 그러고는 금전등록기로 걸어가 음식이 준비됐다고 종을 울리고, 현금통에 돈을 넣고, 금전등록기 옆에 놓인 작은 꽃병을 집어 들어 우리 테이블에 올려 두었다.

브레이버먼은 주방으로 다시 가서, 딱딱한 롤빵을 두 개 굽고, 양상추와 오렌지 조각과 함께 빵을 접시에 올리고, 샌드위치를 만들었다. 이윽고 왼쪽 팔에 접시 두 개를 포개고, 양파 썰 때 쓰던 초를 들고 테이블로 가져왔다. 그리고 촛불을 켜고 나서 나를 보고 환하게 웃었다.

나는 탄산 음료 두 개를 가져왔다.

우리는 자리에 앉았다.

브레이버먼이 잔을 들어 내 잔에 쨍 부딪쳤다.

프롬 드레스*를 입었으면 좋았을 것이다. 내가 특별한 존재 같았다.

우리는 웰컴 스테어웨이즈 다이너에서 자정이 될 때까지 웃고 떠들었다. 식사가 끝나자 브레이버먼이 말했다.

"호프, 너한테 키스해도 될까?"

"지금?"

---

*미국이나 캐나다에서 고등학교의 댄스파티 때 입는 화려한 드레스.

"그래. 뭐 할 일 남았어?"

나는 후다닥 일어났다.

"아니."

정말 근사한 키스였다. 배에 불이 붙는 느낌. 소화가 안 되어 그런 게 아니라는 걸 누구나 안다. 우리는 꼭 껴안은 채 잠시 그렇게 있었다. 아무 말도 하지 않았다.

그러고는 테이블 위의 지저분한 접시를 바라보았다. 현실로 다시 돌아왔다.

나는 한숨을 쉬었다.

"내가 설거지할게."

브레이버먼이 촛불을 껐다.

"내가 마른걸레로 닦을게."

우리는 테이블을 치우고 주방으로 돌아갔다.

외식업계에 종사하면 이런 문제가 있다.

17

"이 동네 물이 분명 수상한데."

다음 날, 브레이버먼이 비품창고에서 내 손을 잡고 있는 모습을 보고 플로가 말했다.

애디 이모가 나를 한쪽으로 잡아당기며 물었다.

"너랑 브레이버먼 뭐 있는 거야?"

나는 이모한테 털어놓았다.

이모는 눈치챘다고 말했다.

"이모랑 사장님 사이는 어때?"

내가 물었다.

주방 타이머가 울리는 바람에 이모는 대답을 피할 수 있었다.

"내 헤이즐넛 파운드케이크가 다 됐나 보다."

이모는 그렇게 말하고는 가 버렸다.

"정말 공평하네."

나는 이모 뒤에 대고 소리쳤다.

멀허니 고등학교.

마치 소화불량처럼 학교가 내게 갑자기 다가왔다.

나는 학교로 돌아갈 준비가 되어 있지 않았다. 고등학교 2학년으로 다시 다닐 준비는 더더욱 안 되어 있었다.

낯선 복도.

익숙하지 않은 선생님들.

나는 웨이트리스 일과 스툽 사장의 선거운동을 도우면서 멀허니가 집처럼 편하게 느껴졌다. 그런데 갑자기 다시 생소하고 이상한 느낌을 받았다.

나는 수학과 영어에서는 앞서고, 과학과 역사는 뒤처졌다. 브루클린에서 이미 들었는데도, 2학년 윤리 수업을 또 들어야 했다. 위스콘신에서 윤리 과목은 일 년 동안 이어지는 과정이었다. 브루클린에서는 A유형이었다. 그저 한 학기만 들으면 되었다.

나는 첫 주 동안 힘겨운 시간을 보냈다. 가까스로 교실을 다 찾아 들을 수 있었다. 영어 선생님은 내 글쓰기를 좋아했다. '대단한 독창성'이 있다고 말했다. 역사 선생님은 내게 '분명한 주제에 대한 가치'를 파악해야 한다고 했다. 나는 언제나 주변을 어슬렁거리며 진실을 찾아다니는 사람이었다. 그런데 이런 건 다섯 단락짜리 에세이에서는 죽음이다.

내가 제일 좋아하는 정치학 수업에서, 세이지 선생님이 말했다.

"우리는 지금 멀허니에서 정치학 수업을 직접 경험하고 있다.

이번 지방선거를 살펴보고, 더 나아가 이것이 어떤 시사점을 주는지 생각해 볼 거다."

수업은 재미있을 것 같았지만, 나는 방과 후나 주말에만 아르바이트하기보다는 하루 종일 브레이버먼과 함께 웰컴 스테어웨이즈 다이너에서 일하고 싶었다.

어쨌든 우리는 함께 일하며 멋진 시간을 보내고 있었다. 단, 브레이버먼이 주문 실수를 저지르고 내가 손님 편을 들어야 할 때를 제외하고. 나는 언제나 달콤하게 그 말을 했다.

"베이컨 빼라고 말 안 했어, 호프."

"브레이버먼, 두 번이나 말했단 말이야."

"다른 사람한테 했겠지."

"너한테 했다니까."

쨍그랑.

"나 들으라고 냄비 부딪치지 마."

이런 걸 제외하면, 희망이 넘쳐 났다.

애디 이모는 '희망 품기' 샌드위치를 내놓았다. 샌드위치는 내놓자마자 '어머니의 옛 맛'의 명작이 되었다.

아나스타샤는 마치 물에 빠진 사람이 구명대를 붙잡는 것처럼 우유 젖병을 잡기 시작했다. 젖병이 비어 있을 때에도, 놓지 않으려 했다.

플로는 우리 모두가 스톱 사장이 시장에 뽑히도록 노력해야 한다고 했다. 우리가 아는 것이 올바르다는 것을 꼭 붙잡고, 누구도 우리한테 빼앗아 가지 못하도록.

이윽고 9월 29일, 모두가 간절히 기다리던 소식을 들었다.

의사가 스툽 사장의 백혈병이 호전되었다고 말했다.

스툽 사장이 홀 목사님과 함께 병원에서 돌아와 그 소식을 전했을 때, 사장님의 얼굴에서는 완전한 빛이 뿜어져 나왔다. 누구라도 볼 수 있는 빛이었다.

그건 아주 길고 추운 밤 한가운데에서 원추리 꽃을 피울 수 있는 그런 빛이었다.

스툽 사장은 주방으로 들어와 이모한테 말했다.

이모는 눈물을 흘렸다.

"좋아요, 우리 결혼합시다."

스툽 사장이 청혼했다.

그 말에 우리 모두 얼어붙었다.

이모는 스툽 사장을 똑바로 보며 물었다.

"요즈음 할 일이 별로 없어요? 뭐 다른 스케줄은 없어요?"

나라는 존재 모두는 애디 이모 덕분이다.

스툽 사장의 병이 나아졌다는 소식이 회오리바람처럼 온 마을을 휩쓸었다.

그러고 나서 우리는 더 좋은 소식을 들었다.

브렌다 밥콕 부보안관이 애덤의 집을 턴 도둑 둘을 체포했다. 매디슨의 전당포에서 풀버 씨의 선거운동 배지 수집품을 팔려다 붙잡혔다고 했다. 그 둘은 성이 같았다.

카빈저 형제.

"브렌다가 바짝 쫓고 있어. 그런데 우리한테는 거슬리는 보안관도 있어."

플로가 내게 말했다.

사흘 뒤, 잘못된 정보가 희미하게 전해졌다.

그리브스 보안관이 카빈저 형제를 풀어 줄 거라고 말했다. 이들이 범죄와 연관되었다는 증거가 없다는 것이다.

밥콕 부보안관은 카빈저 형제가 지방검사에게 자신들이 알고 있는 사실을 털어놓기로 '플리 바겐(유죄협상제)*'에 동의했다고 했다. 카빈저 형제들은 꽤 많은 걸 알고 있었다. 이들은 리얼 프레시 유업에서 돈을 받고 브레이버먼처럼 시장에 반대하는 사람들에게 겁을 주었다고 했다. 그리브스 보안관 또한 자신들이 몇 군데 집을 터는 동안 모른 체하는 대가로 돈을 받았다고 주장했다.

그리브스 보안관은 모든 혐의를 부인했다.

---

*피고인이 자신의 죄를 인정하거나 다른 공범에 관해 증언하는 대가로 검찰이 형을 낮추거나 가벼운 죄목으로 다루기로 거래하는 일. 사전형량조정제도(事前刑量調停制度)라고도 부른다.

리얼 프레시 유업의 크랜스턴 브룸은 충격스럽고 당혹스럽다며, 자신은 아주 결백하다고 주장했다.

엘리 밀스턴 시장은 이 모든 게 상대 진영에서 자신의 선거운동에 흠집을 내기 위한 조작이라고 말했다.

진실을 말하라!

〈멀허니 메신저〉 신문에서 이 사건을 대서특필했다.

여론조사에서 스툽 사장이 밀스턴 시장을 7퍼센트 앞서는 것으로 나타났다.

우리는 만약의 경우에 대비해, 막 새 기화기를 단 승합차에 하는 것처럼 엔진의 회전속도를 높였다.

여론조사가 선거운동에 미치는 영향은 정말 흥미롭다. 정치학을 가르치는 세이지 선생님은 게임이 끝나기 전에 점수를 알고 싶은 건 우리 사회의 욕구 중 하나라고 말했다.

스툽 사장은 가능한 한 모든 압력을 가해 애디 이모한테 빠른 시일에 결혼해야 한다며 구슬렸다.

"치킨 여섯 마리를 구워야 해요. 파이도 구워야 하고요."

스툽 사장은 웃었다.

"할 일 목록을 잠시 좀 내려놓을 수 없는 거요?"

하지만 이제 두 사람의 결혼에 대한 적절함이 나를 사방에서 내리치는 것 같았다.

혹시 스툽 사장의 백혈병이 다시 나빠지면 어쩌나 솔직히 너무 두려웠다. 만약 스톱 사장이 이모와 결혼한다면, 나에게 어떤 의미일지 생각하는 것도 두려웠다.

즉 스톱 사장은 내 아빠 같은 사람이 되는 것이다.

그 생각을 하면 내 안의 모든 것이 춤추듯 빙글빙글 돌았다. 하지만 문득 또 다른 생각이 머리를 내리쳤다. 스톱 사장이 그렇게 생각하지 않으면 어쩌지?

그건 끔찍하다.

나는 방에서 그 '아빠 파일'을 넘겨 보고 있었다.

아빠는 트렌치코트를 입고 머리숱이 많고 꽤 젊고 건강한 사람일 거라고 생각했다. 판타지가 가지는 함정이다. 막상 현실에서는 원하는 것이 나타났을 때, 시각적으로 재편성해야 한다. 왜냐하면 우리가 상상한 모습이 절대 아닐 테니까. 병세가 호전된 삐쩍 마른 민머리 남자는 나의 아빠 수집 목록에 들어 있지 않았다.

하지만 스톱 사장은 이 트렌치코트를 입은 판타지 속 아빠를 모두 합친 것보다 훨씬 좋은 사람이었다.

나는 펠리컨 인형 에드가를 안고, 내 머리카락을 뒤로 쓸어 넘겼다.

"음, 아빠가 날 찾기까지 아주 오래 걸리네요. 불평하는 건 아니지만, 이제 아빠가 찾아 주면 좋겠어요."

마지막 말을 꽤 크게 말했다.

나는 기다렸다.

나비가 햇빛 속으로 날아가듯 희망이 방 안에서 너풀거렸다.

브레이버먼과 나는 그라임스 스퀘어 옆 조그마한 공원에서 열린 옥토버페스트에 갔다가 차를 타고 집으로 오는 길이었다. 옥토버페스트는 독일 축제인데, 위스콘신에서도 많이 모인다. 장점과 단점이 있었다. 장점은 소시지, 입자가 거친 호밀 빵, 사과 슈트루델(독일 과자)이다. 단점은 아코디언과 튜바를 연주하는 두 남자였다.

브레이버먼이 내 목을 살며시 어루만져서 나는 떨렸다. 브레이버먼은 내게 웃어 보이며, 낡은 도요타 자동차 라디오를 켰다. 우리는 라디오에서 흘러나오는 내용을 믿을 수가 없었다.

G. T. 스톱 씨는 왜 자신의 건강에 대해 진실을 말하지 못하는 걸까요? 익명의 고위급 병원 관계자가 스톱 씨의 백혈병이 뇌까지 전이되었다는 사실을 확인해 주었습니다.
의사들이 알고 있는 사실을 우리 모두 마주하는 건 이제 시간문제일 뿐입니다. 여러분의 미래가 그 정도로 위험 부담을 할 가치가 있을까요?
멀허니의 미래를 걱정하신다면 엘리 밀스턴에게 투표하십시오.

브레이버먼이 길 한쪽 옆에 차를 세웠다.

우리는 멍하니 앉아 있었다.

분명 거짓말이다.

그런데 그 거짓말은 라디오와 텔레비전에서 한 시간에 세 번씩 흘러나왔다. 마침내 사람들은 거짓말에 풍덩 스며들었다.

스툽 사장은 가짜 뉴스라고 말했다.

스툽 사장의 주치의도 거짓이라고 말했다.

하지만 계속해서 그 거짓이 보도되었다.

정치학을 가르치는 세이지 선생님은 말했다. 거짓말을 자주 듣다 보면 진실처럼 들리기 시작한다고.

G. T. 스툽 씨는 왜 자신의 건강에 대해 진실을 말하지 못하는 걸까요?

왜?

왜?

왜?

내 머리는 분노로 들끓었다. 도무지 집중할 수 없었다. 숙제를 사흘 동안 하지 않았다.

세실리아는 신문 1면에 공정함을 소리 높여 외쳤다.

브레이버먼과 나는 거짓이 몰고 온 폭풍을 가라앉히려 집집마

다 문을 두드렸다. 사람
들이 얼마나 놀랐는지
직접 보았다. 질리언은
청소년들에게 온라인으
로 경고했다.

우리는 유권자들에게
전화를 걸었다.

브레이버먼은 '거짓말
해부'라는 머리기사로
〈스툽을 지지하는 학생
모임〉 소식지를 새로 발
행했다.

하지만 홍수가 차오르
는 모습을 지켜보는 것
같았다. 우리가 할 수 있
는 건 아무것도 없는 듯
했다.

홀 목사님이 사람들을
교회로 모아 놓고 기도
했다.

스툽 사장은 여론조사

ㅣ

에서 점수를 잃기 시작했다.

시드 씨는 전화를 걸어와, 유일한 방법은 세게 되받아 치는 것뿐이라고 말했다. 눈에는 눈 이에는 이라고.

"아니요. 나는 그런 식으로는 안 합니다."

스툽 사장이 말했다. 그러고는 빡빡한 일정을 소화하며 지칠 때까지 사람들과 대화를 나누었다.

'스툽을 막자'는 포스터를 든 사람들이 스툽 사장이 가는 곳마다 따라다녔다.

우리는 최선을 다해 진실을 알리려고 노력했다. 병원은 스툽 사장의 진료기록을 공개하며 기사를 부인했다.

하지만 거짓말은 사방에 퍼져서, 승리를

거두고 있었다.

> 그 사람은 모두에게 전화를 걸어 자기 의사의 기록을 읽으라고
> 합니다. 하지만 여러분은 그 사람의 뇌에 암이 전이되었다는 점
> 을 읽지 않았습니다.
> 그 사람은 교회와 시민단체에 전화를 걸어 자신을 도와달라고
> 합니다. 자신이 몇 달밖에 살지 못한다는 사실을 잘 알면서도
> 말입니다.
> G. T. 스툽 씨는 시장이 되고 싶어 합니다. 그래서 영광스러운 순
> 간을 얻기 위해 거짓말을 하고, 기만하고, 자신과 자신의 건강에
> 대해 잘못된 내용을 전달합니다.
> 선거일에 진실과 건강에 투표하십시오.
> 엘리 밀스턴을 다시 뽑아 주십시오.

이제 여론조사는 스툽 사장과 밀스턴이 막상막하였다. 한 여론
조사에서는 스툽 사장이 3퍼센트 뒤처진다고 나타났다.

"여러분은 여론조사에 귀 기울이겠습니까? 아니면 당신의 영
혼에 귀 기울이겠습니까?"

홀 목사님이 설교대에서 소리쳤다.

선거일.

내 평생 가장 힘든 날에 가까웠다.

우리는 어디든 찾아다녔다.

마지막 선거운동 전화를 돌리고, 소식지와 배지를 나눠 주고, 복음주의교회 승합차에 타서 응원했다. 그 승합차는 스툽 사장의 지지자들을 투표장까지 태워 주었다.

엘리 밀스턴을 지지하는 많은 사람들이 스툽 사장의 포스터를 찢으며 마을을 휩쓸고 다닐 때는 욕을 퍼부어 댔다.

우리가 최선을 다했기에 희망을 품었다.

"우리는 해낼 거야."

브레이버먼이 내 이마에 입을 맞추며 말했다. 우리는 투표하러 갔다.

희망이 솟아 오르는 것 같았다.

우리 모두가 그랬다.

나는 이처럼 중요한 일을 함께했던 적이 한번도 없었다.

브루클린을 떠나올 때, 이사를 하지 않을 수만 있다면 돈이라도 지불했을 것이다. 하지만 이제 나는 여기에서 다른 아이들과 함께 훌륭한 사람이 선거에 뽑히도록 돕고 있었다. 게다가 여기, 21세기 최고로 멋진 남자친구와 함께 있었다.

투표는 오후 9시에 끝났다.

이제 끝에 가까워지고 있었다.

우리는 마음속에서 승리를 느낄 수 있었다. 우리는 그 믿음을 꼭 붙잡고 달아나지 못하게 했다.

웰컴 스테어웨이즈 다이너로 돌아와 식사를 하며 조금 더 기다렸다.

애디 이모는 가볍고 폭신폭신한 빅토리 와플을 버터와 데운 메이플 시럽과 함께 내놨다.

스툽 사장이 이기리라 우리는 생각했다.

얼마나 달콤할까. 우리는 나쁜 우승자가 되지 않을 것이다.

오후 11시 23분에 드디어 결과가 발표되었다.

스툽 사장이 114표 차이로 졌다.

아무 말도 없었다.

그저 눈물뿐.

18

상실감이 너무 컸다. 처음엔, 투수가 제멋대로 던진 공에 맞은 느낌이 든다. 그 충격에 뒤로 놀라 자빠질 것이다.

선거에 지고 사흘째 되는 날, 욱신거리기 시작한다.

나는 살아오면서 충격을 충분히 겪었다. 하지만 이번은 특히 더 아팠다.

좋은 사람이 나쁜 놈한테 당하면, 아침에 눈을 뜨기 싫어진다.

세상이 모조리 미워진다.

"자, 우리는 분명 우리가 가진 모든 것을 쏟아부었어요. 사람들에게 변화를 줬어."

스툽 사장이 말했다.

하지만 나는 충분히 잘 해냈다거나 이겼다고 생각하지 않았다.

나는 '페어플레이어 상' 같은 건 싫다.

많은 사람들이 같은 생각을 하고 있었다.

애덤은 이 모든 것에 힘들어했다.

"밀스턴이 이 선거를 훔쳐 갔어! 우리도 맞받아 싸워야 했어!"

시드 씨가 위스콘신 주지사에게 개인적으로 전화를 걸어 선거에 대한 조사를 요청했다. 시드 씨가 버지니아에서 도와준 후보자는 승리를 거머쥐었다.

2주 동안 철저하게 확인을 거친 뒤, 공식 발표가 나왔다. 부정선거의 증거는 없었다.

결과는 바뀌지 않았다.

스툽 사장은 어깨에 선거운동의 짐을 덜어서 조금 가벼워 보였다. 이모는 어쨌거나 스툽 사장이 시장이 되는 걸 바라지 않았다고 말했다.

"졌다는 게 부끄러워할 일은 절대 아니야."

스툽 사장이 힘주어 말했다.

스툽 사장은 선거운동에 힘써 준 사람들 한 명 한 명에게 직접 말했다. 자신을 위해 애써 준 것에 정말로 고맙다고. 그리고 내게 이렇게 말했다.

"호프, 요 몇 달 동안 네 힘이 얼마나 큰 버팀목이 되었는지 네가 알았으면 좋겠다. 너한테는 놀라운 용기가 있어. 그건 지켜보기에 강력한 힘이 돼. 네가 이곳에 그걸 가져다줘서 고맙다. 난 정말 그게 필요했거든."

나는 뭐라고 말해야 할지 몰랐다.

홀 목사님은 진정으로 주님의 방식을 믿어야 할 시간이라고 말했다.

나는 아무것도 믿지 않았다.

몇몇 기자가 마을에 남아 '취재후 인터뷰'를 했다. 그리고 그들에게 우리는 더 이상 중요하지 않았다.

나는 내 이름에서 힘을 얻으려 노력했지만, 내 안의 그 어떤 희망도 죽어 버렸다.

11월이 느릿느릿 지나갔다. 음식은 정말 맛있었지만, 우울한 추수감사절을 보냈다.

"질 수도 있다는 사실을 받아들이지 못한다면, 선거에 참가할 수 없다."

세이지 선생님이 수업시간에 말했다.

세이지 선생님은 이번 선거의 투표 통계를 들고 왔다. 누구에게 투표했는지가 아니라, 누가 투표를 했고 누가 안 했는지를 보여 주는 통계였다. 멀허니에 거주하는 성인 인구의 85퍼센트가 투표에 참여했다.

"난 너희가 이 숫자를 자랑스러워하기를 바란다. 이 마을 또는 어떤 마을도 그동안 보지 못한 최고의 투표율에는 너희가 한 몫했다. 너희가 독려하지 않았다면 투표에 참여하지 않았을지도 모르는, 선거에 등록한 모든 사람들을 생각하기를 바란다. 너희 모두가 이 선거제도에서 어떻게 목소리를 내는지 배웠다는 걸 알았으면 좋겠다."

투표자 명단에서 그 꼬장꼬장한 손님, 월든버그 씨의 이름을 보았을 때, 난 아무리 팁을 적게 받았어도, 감동을 받았다. 월든버그 씨와 부인. 이 두 사람이 투표했다! 이 두 사람이 선거에 참여했다!

우리는 선거운동을 하며 가장 기억에 남고 가장 큰 공헌이라 생각하는 것에 대해 리포트를 써야 했다. 나는 홍보물을 건네고, 스톱 사장과 함께 선거유세를 했던 내용을 썼다. 나는 월든버그 씨에 대해, 그리고 이따금 사람들을 겪으며 깨달은 우리가 절대 알지 못하는 것에 대해 썼다.

세이지 선생님은 내 리포트 끝에 이렇게 적었다.

"한 사람이 많은 사람에게 감동을 준다."

나는 브레이버먼에게 물었다.

"글리슨 빌이 감쪽같이 사라지고 스톱 사장님이 사기꾼 후보한테 지는 건 도대체 어떤 세상이지?"

브레이버먼은 나를 꼭 안아 주며 말했다.

"나한테 그걸 물으면 어떻게 해, 호프."

우리는 자주 서로를 안았다. 적어도 이따금은 행복했다.

A&P 슈퍼마켓. 나는 애디 이모가 집에 없을 때, 침대 밑에 몰래 숨겨 두는 '마카로니와 치즈' 상자를 찾고 있었다. 이모는 **절대**

믹스로는 요리하지 않았다. 그때 나는 월든버그 씨를 보았다. 이번 선거에서 내 최고의 성공작. 월든버그 씨는 몇 주 동안 웰컴 스테어웨이즈 다이너에 오지 않았다.

나는 월든버그 씨의 쇼핑카트 안을 살펴보았다. 체더치즈 두 묶음이 있었다. 아메리칸 치즈는 없었다. 놀라움이 그칠 줄 모르는구나!

"안녕하세요, 월드버그 씨. 저 기억하시죠?"

월든버그 씨가 눈을 가늘게 떴다.

"나한테 투표하라고 계속 귀찮게 말하던 아이구나."

나는 웃었다.

"그렇게 느끼셨다면 죄송해요. 하지만 아저씨와 아주머니가 투표해서 정말 기뻐요. 월든버그 씨, 정말 멋져요!"

"도대체 무슨 소리 하는 거야?"

"아저씨가 투표하셨잖아요. 엘리 밀스턴을 찍었는지 스툽 사장님을 찍었는지 저는 모르지만, 이번에 투표하셨잖아요. 그거야말로 정말 멋진 거죠."

월든버그 씨는 나를 정신 나간 사람처럼 쳐다보았다.

"제가 아저씨를 뒷조사했던 건 아니에요. 그냥 투표 기록을 살펴보고, 아저씨와 아주머니 이름이 있는 걸 봤어요. 아저씨가 투표하신 걸 알고 정말 기뻤다고 말씀드리고 싶어요."

"이런 황당한 소리는 처음 들어 보네. 난 유권자 등록도 하지 않았어. 투표도 하지 않았다고. 우리 마누라도 마찬가지고.”

나는 월든버그 씨의 굳은 얼굴을 쳐다보았다.

“지금 저한테 농담하시는 거 아니죠?”

“난 직업이 둘이야. 농담하거나 투표할 시간이 없어.”

나는 한번 더 확인해 보려 했다.

“월든버그 씨, 아저씨와 아주머니 이름이 선거인 명부에 올라 있었어요. 유권자 등록하고 투표했다는 것으로요.”

“만약 네가 하늘에 이름이 적혀 있는 걸 봤다고 해도 난 상관 안 한다. 우리는 하지 않았으니까.”

나는 숨이 턱 막혔다.

“지금 저한테 한 말을 선거관리위원회에도 해 줄 수 있으세요?”

월든버그 씨는 거짓말은 하지 않는다고 했다.

“그쪽 사람들이 아저씨한테 올 거예요!”

선거관리위원회 사람들이 정말로 올지 모르겠지만, 나는 기꺼이 끌고 갈 거다.

선거관리위원회에서는 사실 확인을 위해 조사관들을 보냈다. 조사관들은 엘리베이터조차 없는 싸구려 4층짜리 건물의 바퀴벌레처럼 멀허니를 뒤덮으며 등록 유권자들이 실제로 투표를 했는지 일일이 확인했다.

브레이버먼은 다시 주방에서 뒤집개 묘기를 부렸다.

열흘 뒤, 우리는 새로운 사태를 맞았다.

공식 선거인 명부에 있는 등록 유권자에서 120명이 투표는 물론이고 유권자 등록조차 하지 않았다고 주장했다.

엘리 밀스턴은 정치적으로 바짝 타 버린 토스트였다.

몇몇 기자들에게 우리는 다시 뜨거운 이슈가 되었다.

브레이버먼과 애덤이 멀허니 고등학교 학생들을 이끌고 현수막과 포스터를 들고 시청 주변을 돌며, 시장의 부정행위를 목청껏 외쳤다. 12월 셋째 주였다. 위스콘신은 겨울왕국처럼 꽁꽁 얼어붙었다. 내가 외치는 야유는 입에서 나오자마자 수정 얼음으로 변했다. 나는 애덤한테 시청 안에서 시위를 하면 훨씬 따뜻할 거라고 말했지만 애덤의 생각은 달랐다. 멀허니의 청소년들이 이런 부정행위를 더 이상 가만두지 않겠다는 걸 분명하게 보여 주려면 하늘에서 내리는 순수한 눈과 같이 있어야 한다고 했다.

우리는 단호하게 일어섰다. 꽁꽁 언 청소년들 297명이 지독한 추위에 에스키모처럼 옷을 갖춰 입고, 시청 밖에서 촛불을 들고 노래를 불렀다.

"우리 이겨 내리라."

하나 된 우리 목소리는 힘을 얻었다. 애덤은 학생들 사이로 지나가, 시청 문 앞에 서서 소리쳤다.

"시장님, 우리 멀허니의 청소년들은 거짓말과 속임수가 판치지 않는 세상에서 살고 싶습니다. 우리는 당신의 사퇴를 강력히 요구합니다!"

애덤은 추위에 감싼 손을 들어 올리며 소리치기 시작했다.

"이제 물러나라! 워, 워, 워!"

우리는 목이 터져라 밤늦도록 외쳤다. 하지만 목은 터지지 않았다. 우리는 너무나 강했으며 질릴 대로 질렸다.

힘을 다 쓸 때까지 우리의 힘을 이해하지 못한다. 이건 권투 코치가 내게 자주 한 말이다.

드디어 하늘에 여명이 깃들 즈음, 엘리 밀스턴의 대변인이 시청 밖으로 나왔다. 대변인은 시장의 성명서를 읽어 내려갔다.

"나는 이 마을을 위해 시장으로 충실하게 봉사해 왔습니다. 하지만 지금 특정 당파와 불분명한 알력 때문에 세 번째 임기를 마칠 수 없을 것 같습니다. 나는 사임합니다. 내가 이룩해 놓은 위대한 전통에 따라 멀허니가 계속 나아가기를 기도합니다."

"우리가 분명 약간의 변화를 이루어 냈어!"

브레이버먼이 소리쳤다.

우리의 우렁찬 함성이 하늘에 가득 찼다. 홀 목사님이 복음주의교회 사람들 일곱 명이랑 함께 나타났다. 그 사람들이 교회 승합차에서 우리에게 핫초코와 도넛을 나눠 주었다. 우리는 그곳에 서서 벌벌 떨며 승리를 만끽했다.

홀 목사님은 여호수아가 여리고 성벽*에서 외친 것처럼, 우리는 시청 벽에 대고 외쳤다고 말했다.

마침내 1월 12일 정오.

엘리 밀스턴이 자기를 위해 만들어 놓은 연단에 스툽 사장이 서서 성경에 손을 얹고 선서했다. 최선을 다해 멀허니 법을 지킬 것을 맹세했다. 신의 은총을 빌었다.

---

*성경에 나오는 팔레스타인의 고대 도시로 여호수아가 이끄는 이스라엘 공격에 함락되었다. 예리코라고도 한다.

그곳에 모인 사람들은 정직한 남자의 맹세하는 소리를 듣고 있다는 것을, 온 마음을 다해 하루하루 시장으로서 살아가리라는 것을 모두 알았다.

홀 목사님이 우리 앞에 섰다. 양털 코트가 겨울바람에 들썩였다. 목사님이 기도를 제안했다.

"전능하신 주님, 당신의 종, 가브리엘 토머스 스톱을 축복하시고, 당신의 지혜와 능력과 용기로 충만케 하옵소서. 그에게 굳건한 믿음을 주시어 이 마을을 이끌고 당신이 그 안에 불어넣은 사랑과 친절이 우리 모두를 위해 쏟아져 나오게 해 주옵소서."

마치 약속이라도 한 것처럼 흰 눈이 내리기 시작했다. 좋은 일이 생기리라는 기대를 품고 거리를 덮었다.

그곳에 모인 모두가 희망을 느꼈다.

애디 이모는 털 뽑은 생닭을 오븐에 넣으면서, 곧 영혼을 채워줄 앙트레를 먹을 생각을 하는 것처럼 짜릿하다고 했다.

위대한 요리사는 닭에서도 삶의 진실을 뽑아 낼 수 있다.

19

스툽 사장은 시장이 되고, 가장 먼저 브렌다 밥콕 부보안관을 보안관으로 임명했다. 전임 그리브스 보안관은 주 변호사의 부패 혐의를 모른 체했다. 두 번째는 리얼 프레시 유업에 엄청난 과징금을 물리고, 체납 세금 납부에 60일간의 유예기간을 주면서, 이행하지 않을 경우 법정에 세우겠다고 했다.

세 번째는 애디 이모와 결혼하였다.

정말 끝내주는 음식이 나온 간소한 결혼식이었다.

사람들이 말렸지만 이모는 모든 걸 직접 요리했다. 이모가 반짝반짝 빛나는 날이었다. 직접 요리하지 않으면, 이모가 절반만 반짝반짝 빛나게 된다는 걸 이해한 사람은 나 말고는 아무도 없었다.

애디 이모는 지난 몇 주 동안 100인분이 넘는 4코스짜리 정찬을 준비하느라 아직 웨딩드레스도 마련하지 못했다. 내가 계속 웨딩드레스 얘기를 했지만 별 소용이 없었다.

"보르돌레즈 소스(프랑스 소스)가 엉망이야, 호프. 괜찮은 버섯을 구할 수 없으니까. 내 소스가 위기인데, 나보고 드레스 따위나 신경 쓰라고?"

나는 브레이버먼을 데리고 나가, 이모의 웨딩드레스를 찾았다.

드레스를 하나 들어 브레이버먼에게 보여 주었다.

"어때?"

"드레스네."

"맞아."

"흰색이 아닌데."

"웨딩드레스라고 항상 흰색일 필요는 없어."

"언제부터?"

수컷들은 너무 멍청하다.

나는 애디 이모를 끌고 가게로 가서 입어 보게 했다.

"이거 사요, 이모. 앞치마 입고 결혼할 수는 없잖아."

애디 이모는 그 드레스를 샀다. 결혼식 날에는 그 장밋빛 드레스 위에 흰색 앞치마를 질끈 동여매고 부엌을 뛰어다니면서 음식이 정말 굉장하다고 말하는 사람들에게 환히 웃으며 비명을 질러 댔다.

결혼식장에서는 앞치마 벗는 걸 까먹어서 플로가 달려가 드레스를 제대로 정리해 주었다.

결혼식이 끝날 즈음, 홀 목사님이 새 신부 애디 이모를 위해 특별히 긴 기도를 했다.

우리 모두 험난한 여정이 되리라는 걸 알고 있었다.

한바탕 회오리바람처럼, 두 사람은 밀워키까지 36시간 신혼여행을 다녀왔다. 애디 이모는 그곳 호텔 음식이 "굶어 죽기 직전이라면 그런대로 괜찮았다"고 말했다.

이모와 스툽 사장은 플로와 유리가 흰색 풍선으로 장식해 놓은 웰컴 스테어웨이즈 다이너 입구에 환하게 웃으며 서 있었다.

"행복한 삶이야!"

유리가 외쳤다.

애디 이모는 집으로 돌아온 걸 잠시 동안 혼자 오롯이 축하하고는 주방으로 당당하게 걸어 들어가, 손님들을 흥분의 도가니에 빠뜨릴 새로운 송아지 정강이 레시피를 생각해 냈다고 브레이버먼에게 말했다.

신혼여행에서 송아지 정강이 요리를 생각하는 사람은 애디 이모밖에 없을 것이다.

스툽 사장도 그렇게 생각하고 있었다.

"호프, 내가 너를 입양해도 되는지 알고 싶구나. 나는 법적인 아버지 그 이상을 하고 싶어."

나는 기절할 지경이었다.

스툽 사장이 이 모든 걸 어떻게 시작하는 게 가장 좋은지 모르겠다고 말했다. 나는 정말이지 환하게 웃었다. 왜냐하면 바보 멍청이처럼 잠자코 앉아 있지 않을 것이기 때문이었다.

   나는 뒤쪽 사무실에서 내 스크랩북을 날짜순으로 책상 위에 수북이 쌓았다. 심장이 행복으로 어찌나 빨리 뛰는지, 제대로 서 있을 수조차 없었다.

   "이건 모두 내 중요한 삶의 순간들이에요, 사장님. 꼼꼼하게 살펴보실래요? 아니면 그냥 참고서처럼 대충 훑어보실래요?"

   스톱 사장은 의자에 앉았다.

   "난 하나도 놓치고 싶지 않은데."

   아빠라면 당연히 그렇게 말해야 한다.

   나는 유아용 동물 그림책을 꺼냈다. 그림책은 동물 왕국을 통해 나와 애디 이모의 삶이 돈독해진 걸 보여 주었다. 나는 성적표와 내가 다닌 학교의 사진도 모두 보여 주었다. 세 번의 웨이트리스 일을 하면서 터득한 음식 서비스에 대한 내 생각도 보여 주었다. 애디 이모가 일한 모든 곳의 메뉴를 전부 보여 주었다. 5학년 때 다리가 부러져서 감았던 깁스 조각도 보여 주었다. 내가 웨이트리스로 일해 처음 받은 지폐도 보여 주었다. 그 지폐는 레인보우 다이너 사장과 함께 카운터에 서 있는 사진 옆에 있었다. 레인보우 다이너 사장은 디카페인 커피머신 옆에서 그리스 춤을 추고 있었다.

"내 진짜 아빠를 위해 이것들을 보관해 왔어요. 아빠를 아직 한번도 본 적은 없지만요. 하지만 사장님은 이 세상 어떤 사람보다 진실한 아빠예요."

스툽 사장은 정말 환하게 웃었다.

"내가 지금껏 들은 최고의 말인데."

나는 스툽 사장에게 엄마의 크리스마스 편지도 보여 주었다. 엄마 이야기를 할 때 사장님은 내 손을 꼭 잡아 줬다. 나는 대학에 가기 위해 저금하는 통장도 보여 주었다. 스크랩북을 보는 데 꽤 시간이 걸렸다. 누구든 한 사람의 인생을 대충 훑어볼 수는 없으니까. 글리슨 빌에 대해서는 말하지 않았다. 우리가 브루클린을 떠나오기 전, 내가 글리슨에게 쓴 편지는 건너뛰었다. 멍청한 소리를 하고 싶지 않았다.

스툽 사장은 내내 귀담아들었다. 내가 이야기를 다 마치자 말했다.

"날 위해 이렇게 해 주다니 정말 기쁘구나."

줄곧 나는 스크랩북을 스툽 사장을 위해 보관해 왔던 것이다. 난 그걸 몰랐다.

이윽고 스툽 사장은 자리에서 일어나 창가 구석, 식물재배용 조명을 받으며 자라고 있는 작은 나무 두 그루가 있는 화분으로 걸어갔다. 홀 목사님이 결혼선물로 준 것이다. 스툽 사장은 봄이 오면, 나무를 마당에 심을 작정이었다. 화분을 내가 있는 곳으로 가져와 스위스 아미 나이프를 꺼내 나무에서 가지 하나를 잘라 냈다. 다른 나무에서도 가지 하나를 또 잘랐다. 그러고는 서로 다른 조각을 잘라 낸 곳에 붙였다.

도대체 뭘 하는 걸까?

"호프, 저기 탁자 위에 있는 끈 좀 갖다줘. 가위랑 테이프도."

나는 다 가져다줬다.

"손으로 여기 가지 좀 붙잡고 있어."

내가 나뭇가지를 잡고 있는 동안, 사장님은 테이프와 끈을 잘랐다. 그리고 작은 나뭇가지를 다른 나무에 붙여 테이프로 감은 뒤, 잘린 부분을 어루만지고는 끈으로 단단하게 묶었다.

스툽 사장이 일어서서 화분을 식물재배용 조명 아래 다시 가져다두었다.

"호프, 우리한테도 저런 일이 일어날 거야. 저걸 '접붙이기'라고 부른단다. 한곳에서 뭔가를 가져와 다른 곳에 붙이면 마침내 함께 자라는 거지. 우리는 같은 나무에서 시작하지 않았지만, 지금까지 그래 왔듯이 앞으로도 함께 자랄 거야. 한 달 정도 지켜보면 너도 볼 수 있을 거야."

나는 날마다 사무실에서 화분을 지켜보았다.

물을 주고, 잎을 촉촉하게 적셔 줬다. 스툽 사장이 말한 대로 생각하는 게 나는 마음에 들었다. 하지만 한편으로는 접붙이기가 제대로 되지 않으면 어쩌나 걱정스러웠다. 뭔가 잘못되면 나는 나아갈 수 없다는 암시에 갇히게 될 것이다.

"너무 조바심내고 안달하지 마."

스툽 사장이 말했다.

2월이 매섭게 내리쳤다.

마치 알래스카에 있는 것 같았다. 눈이 60센티미터 넘게 쌓이고, 차가운 바람이 생명을 꽁꽁 얼게 만들었다. 하지만 천천히, 저 나뭇가지 두 개가 단단히 붙었다.

한 달이 다 되어 갈 즈음, 스툽 사장이 끈을 벗기고 말했다.

"봐라. 저게 이제 우리다."

나는 다른 나무에 튼튼하게 붙어 있는 나뭇가지를 뚫어져라 보았다. 이제 완전히 다른 방식으로 아빠가 생겼다고 생각했다. 그것은 '웰컴 스테어웨이즈'가 준 교훈이었다.

어떤 길로 어떤 일이 다가올지 아무도 모른다. 하지만 어느 길로 오든 온 마음으로 그것을 환영해야 한다.

스툽 사장이 접붙이기한 나무처럼 법적인 아빠가 되어 가장 좋은 점은 하루하루를 꽉 차게 산다는 것이었다.

가장 나쁜 점은 스툽 사장의 백혈병이 계속 나아질지 우리가 알지 못한다는 것이다.

의사는 백혈병이 다시 악화될 수 있다고 경고했다. 안고 살아야 하는 병이었다.

애디 이모는 내게 이런 불확실함을 견뎌 내도록 도와주었다.

"우리에게 주어진 시간을 최대한 누려야 해. 얼마인지 모를 그 시간을 감사하게 여겨야 해."

나는 불확실한 상황 속에서 살아가는 데 익숙했지만, 누군가를 너무나 사랑할 때 그리고 그 사람이 어떤 경우에도 항상 곁에 있기를 바랄 때, 그건 정말 힘들다.

어떤 면에서는 그것이 하루하루를 더욱 특별하게 만들어 주었다. 우리가 하는 모든 것이 드높아졌다. 학교에서 돌아오면 스툽 사장은 내게 물었다.

"오늘은 뭐가 제일 멋졌니?"

어떤 날들은 완전히 아무 의미 없이 흘러갔지만, 그 질문은 가끔 그냥 지나쳐 버리는 하루의 사소한 부분들을 생각하게 했다.

늘 희망하던 걸 얻는다는 건 커다란 기쁨이다. 원하던 걸 얻으면, 삶에 활기가 넘친다.

완벽하다고 말하는 건 아니다. 나는 오직 한 사람으로서 내 인생을 살았다. 지금은 내 인생을 돌보려는 고집 센 두 사람과 함께 살고 있다. 그리고 그 과정에서 두 사람은 서로에게 익숙해지고 있었다.

우리는 또한 방을 하나로 합치려고 하고 있었다. 스툽 사장은 벽을 이어 주는 문을 달았지만, 이모는 문이 거기 있는 게 이상하다고 했다. 스툽 사장은 이제 바꾸기는 너무 늦었다고 했다. 둘 다 나를 쳐다보았다.

나는 뒤돌아 방에서 나왔다. 지뢰 사이를 지나가고 싶지 않았다.

지난주, 사전에서 아버지라는 단어를 찾아봤다. 이렇게 정의하고 있었다.

자기를 낳아 준 남자를 이르거나 부르는 말.

아무리 봐도 사전이 '아버지'라는 단어를 정확히 이해하지 못한 것 같다.

아버지는 그저 DNA로 엮여 있는 게 다가 아니다. 진정한 아버지는 매일 자기 아이를 위해 헌신하고 흔들림 없이 그 자리에 있어 준다.

그러니, 만약 스툽 씨 같은 사람을 아버지로 둔 소감이 어떠냐고 묻는다면, 나는 이렇게 대답해 주겠다.

거의 날마다 커다란 나무가 잔디밭을 드리우는 것 같다고. 비록 예기치 않게 나타났지만, 그 견고함은 폭풍이 불고 계절이 바뀌어도 이어질 것이라고.

스툽 사장은 시장이 되어 멀허니에 정말 큰 변화를 몰고 왔다.

변화는 여러 곳에서 동시에 시작되었다.

세무서를 열었다.

애덤을 '주민 참여를 위한 학생 대표'로 지명하였다. 마을의 문제를 살펴보고, 개선을 위해 청소년들이 어떻게 도울 수 있는지 결정하는 활동 단체였다.

페티본 할머니를 사람들의 삶의 질을 향상시키기 위한 노인복지센터 설립 위원장으로 임명했다.

우리는 주민총회를 열고 사람들이 서로를 증오하지 않도록 했다.

브렌다 밥콕 보안관은 리얼 프레시 유업에 대형 우유 트럭으로 마을을 시끄럽게 한다는 이유로 막대한 벌금을 부과했다. 또한 수사관들로 하여금 엘리 밀스턴의 재무 계획을 낱낱이 조사하도록 했다. 브렌다 밥콕은 보안관 사무실에 명예와 전문성을 다시 세웠다.

시간이 흘러, 리얼 프레시 유업은 체납 세금을 다 납부했다. 스툽 시장은 그 돈을 학교를 돕고, 시민회관을 보수하고, 가난한 사람들을 위한 프로그램에 사용했다.

"우리가 할 수 있는 최선은 무엇일까?"

스툽 시장은 청소년들의 모임에서 물었다. 나도 참여했다. 우리는 가난한 사람들을 위해 자원봉사를 하는 계획을 함께 생각해 냈다.

우리는 돌봄 시설의 확장을 도왔다. 아나스타샤는 이제 돌봄 시설에서 숟가락으로 먹는 법을 배우고 있다. 우리 얼굴에 사과 소스를 던지며 웃기 시작한다.

우리는 복음주의교회에서 마련한 새로운 24시간 가족 쉼터에 인원을 보충했다. 브레이버먼과 나는 금요일 밤마다 거기서 봉사하려고 노력하고 있다.

우리는 울타리를 고치고, 풀을 깎고, 집에 페인트칠을 했다. 우리는 괜찮은 페인트공이었다. 질리언은 우리가 돈을 달라고 하지 않아서 좋다고 말했다.

우리는 계속 노력했다.

우리는 지도자가 되기 위해서는 유명하거나 부자이거나 육체적으로 건강해야 할 필요는 없다는 사실을 알았다. 그저 진실한 사람이 되려고 노력만 하면 된다. 우리는 다른 사람들을 돕는 게 모두에게 선을 가져다준다는 걸 배웠다.

스튭 시장은 정부에 대한 큰 개념을 파악했다.

"정치란 권력, 통제 또는 조작이 아니라 최선을 다해 봉사하는 거야."

스튭 시장은 우리에게 여러 차례 강조했다.

즉석요리 전문 요리사가 그 말을 제대로 이해한다는 사실이 나는 너무 마음에 든다.

20

그해 여름, 나는 고등학교를 졸업했다.

스툽 사장은 백혈병이 악화되기 시작했다.

이모와 내가 멀허니에 온 지 2년이 지났다.

스툽 사장이 시장이 된 지 1년 6개월이 지났다.

나는 가을 학기에 미시간주립대학에 입학하기로 했다. 내 성적으로 간신히 붙었다. 삶과 음식 서비스에 대한 내 개인적인 에세이가 학교를 놀라게 했다.

브레이버먼도 마침내 대학에 갈 수 있게 되었다. 스툽 시장이 조성한 마을 장학금과 브레이버먼과 어머니가 저축한 돈을 모아서 등록금을 가까스로 마련했다. 위스콘신대학교는 행운의 장소였다.

나는 브레이버먼이 무지무지 보고 싶을 거다.

7월 초, 스툽 사장의 백혈병이 맹렬히 재발해서, 엄청난 폭풍이 작은 배를 쓰러뜨리는 것 같았다.

의사는 이번에 스툽 사장이 이겨 낼 수 있을지 잘 모르겠다고 말했다.

나는 그럴 리 없다고 되뇌었다.

그동안 우리 뒤를 몰래 따라다니던 그림자가 이제 우리 앞에 모습을 드러냈다.

우리 아빠가 죽어 가고 있었다.

이모는 내가 대신해 줄 때만 빼고 24시간 내내 스툽 사장과 함께 있었다.

나는 자주 함께하려 노력했다.

하지만 이모처럼 그렇게 오랫동안 스툽 사장과 함께 있을 수 없을 것 같았다. 밖으로 나가서, 얼굴에 닿는 생명과 치유의 바람을 느껴야 했다.

브레이버먼은 항상 곁에 있는 것 같았다. 브레이버먼 또한 누군가 지지할 수 있는 커다란 나무였다. 브레이버먼도 사장님을 잃는다는 사실에 무척 슬퍼했다.

4주간의 끔찍한 시간 동안, 우리는 스툽 사장이 하루하루 더 나빠지는 모습을 지켜봤다.

난 견딜 만큼 내 자신이 강하다고 생각하지 않았다.

이런 상실감을 견딜 수 없었다.

삶이 이렇게 지독히도 힘들다는 사실에 마음 아팠다.

나는 스툽 사장과 함께 앉아서 접목한 나무처럼 길게 나뭇가지를 뻗으려 했다. 소리치고 싶을 때는 방을 나갔다. 어느 날 스툽 사장이 내게 말했다.

"내 앞에서 울어도 돼, 호프."

음, 나는 그 자리에서 펑펑 울었다. 그리고 계획에 없던 뭔가를 말했다.

"뭐 하나 읽어 드릴게요."

나는 스툽 사장 곁에 앉아 우리 돈을 훔친 글리슨 빌에게 쓴 편지를 보여 주었다.

물론, 그 편지를 부칠 수 없었다. 글리슨은 도망쳤으니까. 나는 편지를 봉투에 넣고 봉한 다음 이렇게 적었다.

언젠가 읽어 볼 것!

나는 천천히 봉투를 열고, 이 편지를 쓸 때 얼마나 크게 울었는지를 떠올렸다. 종이에 눈물로 번진 잉크 자국이 보였다.

첫 줄을 읽었다.

"글리슨 빌에게, 한때 내가 믿었던 사람."

나는 멈추고 스툽 사장을 쳐다봤다.

"계속 읽어."

큰 한숨.

"내 이름을 호프에서 다른 걸로 다시 바꾸고 싶어. 왜냐하면 지금 일어난 일은 한때 내가 그랬던 것처럼, 희망 같은 것을 믿지 않게 했으니까. 글리슨, 당신이 우리 돈을 훔쳐 가서 내가 당신을 미워한다는 걸 알았으면 좋겠어. 하지만 당신이 완전 딴 사람인 척 굴어서 더욱더 미워한다는 것도 알았으면 좋겠어.

당신은 이곳에서 당신을 믿었던 사람들 모두를 훔쳐 갔어. 애디 이모가 모은 돈과 이모의 꿈을 훔쳐 갔어. 당신은 내 믿음을 훔쳤어. 당신을 내 친구라고 믿었는데. 이제는 그런 멍청한 짓은 절대 하지 않을 거야.

당신은 캐럴라인을 그 여자 남편한테서 떼어 놨어. 당신이 그 여자한테 함께 도망가자고 부추겼으니까. 돈 때문에 이 모든 짓을 저질렀어.

당신이 중요한 걸 알았으면 해. 나는 다른 사람한테 상처까지 입히면서 내게 돈이 절대로 중요하지 않으면 좋겠어.

당신이 그 돈을 충분히 즐기리라고는 생각되지 않아. 거짓말을 하고 속임수를 쓰고 물건을 갖고 도망가는 사람이 진정으로 행복하리라고 절대 믿지 않거든.

왜냐하면 이 세상에는 지불할 대가라는 게 있거든. 당신은 돈을 가질 수는 있어. 하지만 당신은 절대 내 이름을 가질 수는 없어. 얼마나 걸릴지는 몰라도 나는 다시 희망을 품게 될 거야.

내게는 지금 희망이 없어. 하지만 다시 희망을 찾을 거야. 당신을 붙잡아서 감옥에 처넣으면 좋겠어. 내가 우리 아빠를 찾으면……."

나는 더 이상 읽어 내려갈 수 없었다.

"계속 읽어. 끝까지."

스툽 사장이 말했다.

나는 이제 엉엉 울고 있었다.

"우리 아빠를 찾으면, 아빠가 당신한테 그 대가를 치르게 하리란 걸 난 알아."

나는 스툽 사장을 쳐다보았다.

"이게 다예요."

스툽 사장은 꽤 창백한 얼굴로 물었다.

"그 일에 대해 지금 생각은 어떠니?"

"멍청하다는 생각이 들어요."

"왜지?"

나는 어깨를 으쓱해 보였다.

"네 아빠가 그 사람한테 대가를 치르게 해 주겠다고 썼는데, 내가 널 위해 그렇게 해 줄 것처럼 보이지 않기 때문이니?"

지금 이 문제로 스툽 사장을 귀찮게 해 준 것 같은 느낌이 들었다.

"호프, 만약 네가 그 분노를 뒤에 잘 묻어 둔다면, 어느 날 돌아보고 그 분노가 사라진 걸 알아차리게 될 거야."

스툽 사장이 말했다.

"노력해 볼게요."

스툽 사장은 날 보고 찬란하게 웃어 보였다. 그 순간 스툽 사장이 훌훌 털고 침대에서 벌떡 일어날 것만 같았다. 하지만 그러지 못했다.

"네게 이기적인 말을 좀 해야겠다, 호프. 만약 글리슨 빌이 그런 짓을 저지르지 않았다면, 너랑 애디가 이곳에 오지 않았을 거야. 나는 상상할 수가 없어. 두 사람이 없었다면 내 인생이 어떠했을지 도저히 상상할 수 없구나."

나는 스툽 사장의 손을 잡았다. 무척 차가웠다.

나는 펑펑 우느라 아무 말도 할 수 없었다. 그저 스툽 사장의 큼지막하고 싸늘한 손을 꽉 잡고 있었다.

사장님은 다음 날 세상을 떠났다.

애디 이모가 스툽 사장님과 함께 있었다. 나는 내 방에서 옷을 입고 있었다. 하지만 왠지 알고 있었다.

나는 두 눈을 감았다. 가슴 안에서 천사들의 날개가 가볍게 부딪치는 게 느껴졌다. 천사들이 웰컴 계단으로 다가와, 천사 한 명은 왼쪽에서 다른 한 명은 오른쪽에서, 사장님의 영혼을 이끌어 하늘나라로 데리고 올라가는 게 느껴졌다.

21

나는 꽃들을 절대 잊지 않을 것이다.

웰컴 스테어웨이즈 다이너를 빙 둘러 사방에 꽃이 쌓여 언덕을 이루었다. 웰컴 계단에도 줄 맞추어 꽃이 놓였다. 네모난 추억판은 추모글로 뒤덮여서 스툽 사장이 사람들에게 어떤 의미인지 말해 주고 있었다.

왜 당신을 이렇게 일찍 떠나보내야 하는지 나는 이해가 안 돼요.
우리에게는 아직도 당신이 너무나 필요해요.
– 애덤

그게 의문이다. 최악의 의문. 대답은 없었다.

상실감이 파도처럼 몰려왔다.

나는 슬픔과 힘듦 속에서 어지럽게 움직였다.

애디 이모는 웰컴 스테어웨이즈 다이너 문을 닫았다.

이모는 그럴 권리가 있었다.

웰컴 스테어웨이즈 다이너는 무덤처럼 어둠에 싸였다. 스툽 사장이 다이너 안을 걸어 다니지 않으니, 웰컴 스테어웨이즈에는 생명이 없었다.

우리는 창문을 나무판자로 막아야 했다. 뚜껑문을 누름대로 막아야 했다. 이번 폭풍은 너무 강했다.

페티본 할머니가 꽃과 꽃병을 잔뜩 들고 찾아와 말했다.

"이걸 안에 넣어 둬. 불을 켜. 사람들이 보게 해."

우리는 그렇게 했다. 카운터에 꽃병을 세 겹으로 줄 맞춰 놓고, 밖에서 꽃을 좀 가져와 유리컵에도 꽂았다. 테이블 위에도 꽃을 모아 뒀다. 브레이버먼이 주방에서 초를 가져와 불을 켰다. 우리는 초를 더 가져와 불을 붙였다.

해리슨이 내게 준 프리즘이 있었다. 나는 프리즘을 금전등록기 옆에 놓았다. 불빛이 프리즘에 닿자, 벽에 수많은 무지개가 나타났다.

사람들은 얼굴을 창문에 바짝 대고 우리 모두가 사랑했던 남자에 대한 기념물을 바라보았다.

브레이버먼이 나를 붙들어 주었다. 나도 브레이버먼을 붙들어 주었다. 폭풍 속의 닻이 되어 주었다.

애디 이모는 견뎌 내고 있었다. 굳은 표정으로, 아픈 마음을 숨기려 최선을 다하고 있었다.

사람들이 복음주의교회를 가득 메웠다.

홀 목사님은 스톱 사장의 관 옆에 서서 있는 힘을 다해 선언했다.

"스톱, 내 오랜 친구여, 충만하게 살다 간 자네의 삶에 우리가 어떻게 고마움을 표할 수 있겠는가? 자네에 대한 우리의 기억이 날마다 뻗어 나와 우리가 지닌 모든 것과 함께 살아가기를. 그리고 우리가 진실이라고 여기는 모든 것과 함께하기를."

복음주의교회 성가대가 경건한 노래를 느릿느릿 부르기 시작했다. 그 노래는 사람들을 흔들었다.

사람들은 재빨리 걸어 나가 스톱 사장의 포갠 두 손을 마지막으로 어루만졌다.

나는 애디 이모와 브레이버먼과 함께 관 옆에 섰다. 나는 얼마나 오래 서 있었는지 모른다. 내 주위가 어떻게 돌아갔는지 모른다. 커다란 상실의 아픔 한가운데에서, 내가 스톱 사장에게 완벽한 딸이었다는 사실만을 깨달았을 뿐이다.

내 삶의 모든 시간이 이것을 위해 나를 준비해 주었다.

나는 삶이 힘겹다는 걸 몸소 겪으며 알았다.

그리고 나는 강해진 것도 알았다.

스톱 사장의 장례식을 치르고 몇 주 동안, 기억이란 정말 말도 안 되는 곳에 숨어 있다는 것을 알았다.

어떤 날은 그냥 괜찮았다. 어떤 날은 뭔가를 보곤 했다(무엇이든. 해시 브라운이 쌓인 접시. 민머리의 남자). 그리고 꽃 언덕이 내 마음속으로 흘러들어 오곤 한다. 그러면 나는 레인보우 다이너의 밤비가 디카페인 커피머신 옆에서 그랬던 것처럼 흐느끼기 시작했다.

그러고 나서, 마음을 가다듬고 다시 주문을 받았다.

슬픈 마음을 다스리려면 할 일이 필요하다.

하지만 이 모든 걸 겪으며, 나는 페티본 할머니의 말을 마음속에 간직했다. 장례식이 끝난 뒤 할머니는 내 손을 꼭 잡고 내 얼굴을 쳐다보며 이렇게 말했다.

"넌 아빠 눈을 꼭 빼닮았구나."

사흘 뒤면 대학에 가기 위해 떠난다. 떠나게 되어 마음 한편으로는 기뻤다. 하지만 다른 한 구석에서는 절대 이곳을 떠나고 싶지 않았다.

브레이버먼과 나는 동시에 대학교로 떠나기로 했다. 나와 브레이버먼 누구도 잘 가라고 손을 흔들며 웰컴 스테어웨이즈 다이너에 남아 있고 싶지 않았다.

애덤은 이미 노스웨스턴대학교로 떠났다. 질리언은 퍼듀대학교로 갔다. 우리는 모두 뿔뿔이 흩어질 것이다.

내가 좋아하는 곳을 떠나는 게 싫다.

나는 카운터 뒤에 서서 저녁 손님 맞을 준비를 하고 있었다. 소금 통과 후추 셰이커를 채우고, 작은 유리그릇에 곱게 간 머스터드를 넣고, 작은 깡통에 설탕을 채우고 나란히 정리했다. 그래야 손님이 왔을 때, 그 일을 하지 않아도 된다.

루 엘렌이 손을 흔들며 인사했다. 아나스타샤를 데리러 돌봄 시설로 향했다. 아나스타샤는 이제 '엄마' '안녕'이라는 말을 할 수 있었다. 아나스타샤가 제 속도로 배우고 있다며 괜찮단다.

나는 그즈음 슬픔에 빠졌다 헤어 나오기를 반복하고 있었다. 처음만큼 날마다 울지는 않았다.

떠나기 전에 몇 가지 짐을 더 싸야 했다.

이모는 내게 스툽 사장의 엄마가, 그러니까 우리 할머니가 그린 파도가 일렁이는 바다 위에 떠 있는 작은 배 그림을 주었다.

우리 할머니. 나는 그렇게 말하는 게 정말 좋았다.

그 그림을 기숙사 내 침대 머리맡에 둘 것이다. 나는 모든 게 궁금했다. 누가 내 룸메이트가 될지, 내가 학교에서 잘 해내 갈지, 대학생활이 어떨지.

이곳은 너무나 많은 게 변했다. 또한 너무나 많은 게 변하지 않고 그대로였다. 브렌다 밥콕 보안관이 시장 대행으로 임명되어, 스툽 시장의 임기를 채우게 되었다.

브렌다 밥콕은 이 마을 최고의 선택이었다. 플로가 말한 것처럼, 브렌다는 스툽 사장이 닦아 놓은 그 모든 길을 잘 지켜 낼 것이다. 동시에 자신의 발자국도 남길 것이다.

엘리 밀스턴은 설명해야 할 자기 몫이 있었다. 대부분 변호사한테 맡겼다. 엘리 밀스턴은 용케도 감옥에 가지 않고 살아남았다. 라디오 토크쇼를 시작하고, 정치에 입문하려는 사람들을 위해 세미나를 여느라 바쁘다고 한다.

"주님, 우리를 지켜 주소서."

그 이야기를 듣고 플로가 소리쳤다.

날마다 사람들이 웰컴 스테어웨이즈 다이너로 쏟아져 들어와, 스툽 사장에 대해 그리고 스툽 사장이 자신의 삶에서 어떤 의미인지 이야기했다.

얼마나 많은 사람들이 우리 아빠를 사랑했는지 알게 되어 무척이나 영광스러웠다. 나는 무릎을 구부려 카운터 아래 적당한 공간을 찾았다.

파란색 펜을 꺼내 우리가 꿀단지를 보관해 두는 곳 밑에 **호프**가 여기에 있었다라고 가느다랗게 적었다.

나는 엄마의 조언대로 꿀단지 옆에 레몬 조각을 담은 작은 병을 놓았었다.

커다란 타이레놀 병도 그곳에 두고, 손님이 두통에 시달릴 때를 대비해서 내 앞치마에 넣고 다니는 작은 통에 나눠 챙겨 넣었다. 훌륭한 웨이트리스는 만약의 사태에 대비할 줄 알아야 한다.

나는 **호프**가 여기에 있었다라는 글귀를 바라보았다.

내가 전에 썼던 것과는 너무나 달라 보였다. 이번에 나는 돌아
올 것이다. 이곳은 진정한 나의 집이다.

　그때 웰컴 스테어웨이즈 다이너 문이 벌컥 열렸다. 사람의 물
결이 창가 자리를 가득 채웠다. 더 많은 사람들이 들어와 카운터
에 앉았다.

　나는 플로를 바라보며 방긋 웃었다.

우리는 잡초 속에 깊이 빠졌다.

"이제 두 눈 제대로 떠!"

이모가 주방에서 소리쳤다.

새로 온 '버스맨' 마이클이 메뉴판을 들고 달려가 세팅을 했다. 이제 웨이터가 된 유리는 모퉁이 테이블에 앉은 여자 손님 둘에게 꾸벅 인사했다.

"오늘 밤 이렇게 모실 수 있어 기쁩니다."

여자 손님들은 환하게 웃었다.

플로가 내 곁을 지나 뛰어가며 창문 테이블을 나눠 맡자고 했다.

더 많은 손님들이 테이블에 바글바글 자리를 잡았다. 버스 한 대가 주차한 게 틀림없었다.

나는 유리 옆에서 멀찍이 떨어졌다. 유리는 마치 나쁜 운전사처럼 왼쪽으로 몸을 틀었다가 오른쪽으로 돈다.

"이제 커피 가져다드릴까요, 손님. 음식 괜찮지요?"

나는 창문 옆 식스 탑에 있었다. 노란색 셔츠를 입은 덩치 큰 사람만 빼고 모두 주문을 마쳤다. 그 남자는 애디 이모의 치킨 팟 파이 스페셜을 정겹게 바라보고는 한숨을 깊이 쉬었다.

"우리 할머니가 만들어 준 뒤로 치킨 팟 파이를 먹어 본 적이 없어요. 여기 음식은 괜찮나요?"

나는 두 손을 치켜들었다.

지금 농담해요?

바로 그곳에서 서로 배경도 다르고 세대도 다른 두 사람이 이 미친 세상에서 연결고리를 찾고 있었다.

이것이 바로 '어머니의 옛 맛'이 지닌 힘이다.

나는 주방으로 가서 주문을 크게 소리쳤다. 브레이버먼과 애디 이모는 기계처럼 움직이고 있었다. 나는 달걀을 뒤집는 스툽 사장을 보았던 첫날을 떠올렸다.

플로, 와서 이 기적 같은 아침 식사 가져가. 내가 먹어 치우기 전에!

브레이버먼은 한쪽 눈썹을 치켜올리고, 뒤집개를 던진 뒤 등 뒤에서 잡았다. 애디 이모는 나를 보고 웃었다. 나도 환하게 웃어 주었다.

나는 커피와 차를 들고 이리저리 바삐 움직였다.

카운터 사이를 누비며 주문을 받았다. 아드레날린이 마구 솟구쳤다. 만약 스릴을 맛보고 싶다면, 잡초 속에 깊이 빠진 웨이트리스만 한 건 없다. 다음에 어떤 주문이 올지 절대 알지 못한다. 미치광이 또는 20대를 막 지난 손님의 주문을 받을 수도 있다.

나는 비스킷과 따뜻하게 데운 애플소스를 곁들인 버터밀크 두껍게 썬 프라이드치킨을 5번 테이블 커플에게 가져다주었다. 남자가 닭다리를 집어 한입 물고는 말했다.

"와, 천국에 와 있는 것 같네."

나는 환하게 웃었다.

"그게 바로 여기 우리가 목표로 하는 거예요."

종이 두 번 울렸다.

그 소리가 무척 그리워질 거다.

나는 주방으로 달려갔다. 커피 속 크림처럼 기쁨과 슬픔이 뒤섞였다.

사람들은 내가 진짜 아빠를 2년도 채 안 되는 동안 함께하고, 그러고 나서 잃어버린 게 믿기지 않는다고 한다.

나는 우리 아빠가 여전히 여기 있었으면 좋겠다. 아주 오랫동안 정크푸드를 먹고 나서 특별한 음식을 먹은 느낌이었다. 맛은 감각을 휩쓸고 지나가, 완전한 만족감을 전체적으로 불러일으킨다. 그리고 순수한 그 맛이 지금까지 먹어 온 나쁜 음식을 모두 보상해 준다.

희망은 언제나 어디에나 있어요!

 이 책을 처음 알게 된 건 10년도 더 되었네요. 어떤 출판사의 문학작품 시리즈를 기획하면서 일찌감치 찍어 두었던 책이었어요. 당시 시리즈를 혼자 다 번역할 수가 없어서, 안타깝게도 번역자를 추천만 하고 물러나 있을 수밖에 없었지요. 그러다 10년 넘는 세월이 흘렀습니다. 그 시리즈의 많은 책이 거의 절판되었지만 몇몇 책은 새로운 옷을 입고 새로운 독자를 만날 준비를 하고 있어요. 《호프가 여기에 있었다》는 바로 그렇게 엄선된 조앤 바우어의 작품입니다.

 고등학생 호프는 부모를 잘못 만난 탓에 어린 나이에 넓은 미국 땅을 여기저기 돌아다니며 이모와 함께 살고 있습니다. 아르바이트로 잔뼈가 굵었지요. 거의 풀타임 근로자처럼 식당의 웨이트리스로 일합니다.

 참, 혹시 작품을 읽다가 독자 여러분이 호프를 팁만 찾는 청소년으로 오해할까 봐 노파심에 한마디 할까 해요. 미국과 한국의 식당 문화의 가장 큰 차이를 들 때, 팁 얘기를 자주 하곤 해요. 미국에서 식당 종업원의 월급은 아주 낮아서 손님의 팁은 거의 필수랍니다. 음식 값의 20퍼센트 정도를 따로 지불해야 한답니다. 요즈음처럼 신용카드가 필수인 세상에서도 계산 전, 손님이 팁으로 얼마를 지불할지 빌(계산서)에 꼭 기재를 해요. 그러니 호프 엄마가 손님을 팁으로 평가하는 부분이 십분 이해가 되리라 생각합니다.

 미국은 또 우리나라와 선거제도가 달라서, 투표에 참여하고 싶은 사람은 미리 유권자 등록을 해야 해요. 그래서 우리나라보다 투표율이 낮은데, 소설 속 이렇게 서로 다른 부분에 대해서 이해를 하며 작품을 읽으면 좋을 것 같습니다. 최근 우리나라 선거 연령이 낮아져서 만 18세 이상부터 투표에 참여할 수 있게 되었지요. 제도는 늘 조금씩 달라지기 마련이니까요.

그리고 독자 여러분에게 미리 말해 두고 싶은 게 있어요.

카운터, 그릴, 웨이트리스, 서빙, 테이블 등 식당에서 자주 사용하는 용어는 우리에게도 너무 익숙하기에, 또 그곳의 전문성을 위해 굳이 한국말로 바꾸려 하지 않았어요. 식자재와 음식 이름 역시 완벽하게 옮기기가 어려워서 제대로 번역되지 못한 것들이 있습니다. 그건 원래 번역 자체의 한계이니, 번역자를 탓하지는 말아 주세요.

부모가 부족하면 자식이 세상을 더 빨리 알게 된다고 합니다. 세상에 완벽한 부모는 없지만, (세상에 완벽한 번역도 없어요.) 준비가 덜된, 책임을 다하지 못하는 부모도 적지 않아요. 작가 조앤 바우어의 아버지도 그랬다고 하지요. 그래서인지 작가는 그런 아이들에 대한 애정이 깊어요.

호프도 부모 탓에 일찌감치 세상을, 그리고 사람의 마음 읽는 법을 알게 됩니다. 무너져 내려 펑펑 울지 않고 다부지고 당당하게 삶을 헤쳐 가는 호프의 모습을 보노라면 누구라도 응원하고 싶어질 거예요. 가끔 코끝이 찡한 몇몇 장면에서는 멈추어 함께 눈물을 흘리고 싶을 거예요. 그래도 괜찮아요. 곧 호프처럼 다부지고 당당하게 세상을 살아가게 될 테니까요.

2020년 봄 김선희

호프를 통해 우리 청소년들이
선거에 관심을 갖기 바라며

'촛불혁명'이라는 전대미문의 업적을 이루어 낸 시민의식에도 불구하고 우리 사회는 아직까지 헬 조선, 유교적 근대성, 갑질 공화국 등의 비민주적 이데올로기에 사로잡혀 있습니다. 이는 여전히 우리 사회에 '일상 속 민주주의'가 못하는 것을 의미합니다. '일상 속 민주주의'는 단순히 정부의 조직 형태를 넘어 민주주의가 사회 조직과 삶의 양식으로 뿌리내린 것입니다. 이러한 '일상 속 민주주의'는 청소년 시기부터 민주주의를 지식뿐만 아니라 다양한 실천을 통해 익혀야 이루어질 수 있다고 봅니다. 그 출발이 바로 민주주의의 꽃이라 불리는 '선거'에 대한 참여라고 생각합니다.

다행히 2019년 선거법 개정으로 선거 연령이 만 18세로 낮아지면서 생일이 지난 고등학교 3학년 학생들도 당당한 유권자로 나설 수 있게 되었습니다. 그만큼 선거가 우리 아이들에게 성큼 다가왔다고 볼 수 있습니다. 그런데 이러한 상황에서 우리 청소년들은 선거가 얼마큼이나 삶의 일부분처럼 가깝게 느껴지고, 실제 선거에서 합리적 선택을 할 준비가 되어 있을까요?

그런 의미에서 '호프'라는 청소년의 성장 이야기를 담은 《호프가 여기에 있었다》를 청소년들과 학부모님들께 추천합니다. 이 책은 '호프'라는 고등학생이 새로 이사한 마을의 식당에서 일하며, 시장 후보로 출마한 식당 주인의 선거를 돕는 과정을 그리고 있습니다.

특히 14장에 등장하는 호프와 기자의 대화 내용이 인상 깊었습니다. 기자가 식당 주인의 선거운동을 돕는 이유를 묻자, 호프는 다음과 같이 대답합니다.

"왜냐하면 이 선거운동에 참여하기 전까지, 나는 시민이 뭘 뜻하는지 결코 한번도 생각해 본 적이 없었으니까요. 그냥 당연한 존재라 생각했어요. 그런데 이제야 처음으로 내가 이 선거 과정에 참여하는 게 정말 필요하다는 걸 알았어요."

민주 시민은 태어나는 것이 아니라 학습을 통해 길러지는 것입니다. 그리고 선거에 대한 참여와 관심이야말로 민주 시민을 길러 내는 가장 확실하면서 효율적인 방법입니다. 많은 청소년들이 이 책을 통해 선거에 대해 관심을 갖고, 선거에 참여하는 계기가 되기를 소망해 봅니다.

이봉학

(부용고등학교 교사, 징검다리교육공동체 회원)

도토리숲 알심 문학 02

호프가 여기에 있었다

초판 1쇄 펴낸 날 2020년 5월 21일
초판 3쇄 펴낸 날 2021년 9월 25일

글쓴이 조앤 바우어 | **옮긴이** 김선희 | **그린이** 정지혜

펴낸이 권인수
펴낸 곳 도토리숲
출판등록 2012년 1월 25일(제313-2012-151호)

주소 | (우)03940 서울시 마포구 월드컵북로 207, 302호(성산동, 157-3)
전화 | 070-8879-5026 **팩스** | 02-337-5026 **이메일** | dotoribook@naver.com
블로그 | http://dotoribook.blog.me

기획편집 권병재 | **디자인** 김은란 | **교정** 김미영

ISBN 979-11-85934-50-1 03840

＊이 도서의 국립중앙도서관 출판예정도서목록(CIP)은 서지정보유통지원시스템 홈페이지
 (http://seoji.nl.go.kr)와 국가자료공동목록시스템(http://www.nl.go.kr/kolisnet)에서 이용
 하실 수 있습니다.(CIP제어번호: CIP 2020016503)

＊이 책에 실린 내용을 이용하시려면 반드시 저작권자와 도토리숲의 동의를 받아야 합니다.

＊책값은 뒤표지에 있습니다.

지은이_ 조앤 바우어

1951년 미국 일리노이주 리버 포레스트에서 태어났습니다. 어릴 적부터 시와 소설 형식으로 일기 쓰는 걸 좋아했으며, 나무가 우거진 숲에서 책을 많이 읽었습니다. 부모의 이혼과 알코올중독자인 아버지 때문에 힘든 어린 시절을 보냈지만 그 경험 덕분에 웃음의 소중함을 깨달았고, 다시 오뚝이처럼 일어날 수 있었습니다. 조앤 바우어는 고난을 받아들이고 견뎌 내면 강해진다며 청소년들에게 힘들어도 넘어져도 다시 일어나라고 조언합니다.

《호프가 여기에 있었다》로 뉴베리상과 크리스토퍼상을 받았으며, 로스앤젤레스 타임스 도서상을 수상한 《열일곱 제나》, 미국도서관협회 우수 도서인 《열두 살, 192센티》, 스미소니언 매거진 우수 도서에 선정된 《Backwater》, 델라코테 언론상을 받은 《Squashed》, 미국도서관협회 최우수 청소년 도서에 선정된 《Thwonk》를 비롯해 수많은 청소년 소설을 집필했습니다.

옮긴이_ 김선희

한국외국어대학교를 졸업하고 현재 번역가로 활동하며 '김선희's 언택트 번역 교실'을 진행하고 있습니다. 단편소설 「십자수」로 근로자문화예술제 대상을 수상했으며, 뮌헨국제청소년도서관(IJB) 펠로십으로 아동 및 청소년 문학을 연구했습니다. 옮긴 책으로 《닐과 순다리》, 《희망이 담긴 작은 병》, 《팍스》, 《난생처음 북클럽》, 《베서니와 괴물의 묘약》, 《위저드 오브 원스》, 《구스범스》, 《윔피 키드》, 《멀린》 시리즈 등 200여 권이 있습니다. 지은 책으로 《얼음 공주 투란도트》, 《우리 음식에 담긴 12가지 역사 이야기》와 10여 권이 있습니다.

그린이_ 정지혜

서울에서 태어나 자랐고, 대학에서 만화예술을 공부했습니다. 그림책을 만들면서 그림으로 아이들과 소통하는 다양한 방법을 찾고 있습니다.

그린 책으로는 《일 층 친구들》, 《혼자되었을 때 보이는 것》, 《생각한다는 것》, 《탐구한다는 것》, 《구스범스 호러특급 시리즈》, 《몬스터 바이러스 도시》, 《보이지 않는 적》, 《룰레트》, 《연보랏빛 양산이 날아오를 때》 들이 있습니다.